suhrkamp taschenbuch 3101

Busant heißt ein reicher Heimwehsolothurner, mit dessen Geld Solothurns Altstadt »schöngemacht« (und unbewohnbar) wird. Busant ist aber auch der Name des Vogels, der die mittelalterliche Geschichte von der schönen Magelone und dem Grafen Peter von Provence, die Geschichte einer lebenslangen Liebe und Suche, ausgelöst hat. Und die schöne Magelone ist nicht nur eine Königstochter aus dem fernen Neapel, sondern auch eine ewig betrunkene Sekretärin oder Serviertochter aus dem heutigen Solothurn ...
Die Erzählungen dieses Bandes ergeben, »in acht Variationen, die lange Liebes- und Leidensgeschichte des Erzählens: welche Kraft ihm eignet und an welche Grenzen es stößt, wie es seine Gegenstände dem Leben, aber zugleich dem Sog seiner Endlichkeit entzieht«.

Heinz F. Schafroth

Peter Bichsel, geboren 1935, lebt in Solothurn. Zuletzt erschien von ihm die Kolumnensammlung *Alles von mir gelernt*. Sein Werk im Suhrkamp Verlag ist ab Seite 125 dieses Bandes verzeichnet.

Peter Bichsel

Der Busant

Von Trinkern, Polizisten und der schönen Magelone

Suhrkamp

Die Originalausgabe erschien 1985 im
Hermann Luchterhand Verlag, Darmstadt und Neuwied

Umschlagfoto:
Martin Glaus, Colette (Ausschnitt), 1952

suhrkamp taschenbuch 3101
Erste Auflage 2000

Druck: Nomos Verlagsgesellschaft, Baden-Baden
Printed in Germany
Umschlag nach Entwürfen von
Willy Fleckhaus und Rolf Staudt

1 2 3 4 5 6 – 05 04 03 02 01 00

Die Geschichte von der schönen Magelone ist eine alte provenzalische Sage. Der Sohn des Fürsten von Provence, Peter von Provence, liebt die Tochter des Königs von Neapel, die schöne Magelone. Da sie einen anderen heiraten sollte, raubt er sie mit ihrem Einverständnis. In einem Wald übernachten sie. Peter erwacht und sieht, daß Magelone schwer atmet. Er öffnet ihr das Mieder, damit sie besser atmen kann. An einer Kette trägt Magelone die drei Ringe, die sie von Peter als Unterpfand seiner Liebe bekam. Ein Vogel – der Busant – reißt ihr diese Ringe vom Hals. Peter verfolgt den Vogel, um ihm die Ringe zu entreißen. Er verirrt sich im Wald. Magelone erwacht und sucht Peter im Wald. Nach lebenslangen Irrfahrten durch die ganze Welt und nach lebenslanger Treue finden sie sich wieder im hohen Alter in der Provence.
Die Geschichte ist auf deutsch erstmals von einem unbekannten Elsässer im frühen 14. Jahrhundert zu einem Versepos mit dem Titel »Der Busant« verarbeitet worden.
Die Idee, die schöne Magelone in Solothurn auftreten zu lassen, stammt von Wilhelm Lehmann, der in seinem Sonett auf Solothurn die schöne Magelone erwähnt.
Kosciuszko (1746-1817) ist ein polnischer Freiheitsheld, der in den amerikanischen Unabhängigkeitskriegen zum General wurde und später in Polen gegen die Russen kämpfte. Er verbrachte die letzten zwei Jahre seines Lebens in Solothurn.
Niklaus Wengi hat sich als Bürgermeister (1533) vor die Kanone der Katholiken gestellt, die auf Protestanten schießen wollten.

Bis zur Französischen Revolution war Solothurn Sitz der französischen Botschaft. Die mehreren hundert Ambassadoren arbeiteten vor allem als Söldneranwerber und bezahlten den noblen Solothurnern dafür Pensionen.

Der Busant

Eine solothurnische Operette

Unsere Polizisten, hier in dieser Stadt, sind wie alle anderen Polizisten in jeder anderen Stadt korrekt und tun ihre Pflicht. Wenn sie Bußenzettel für Parksünder ausfüllen, dann entfernen sie sich von dem entsprechenden Auto so weit, daß sie noch knapp die Nummer entziffern können, eine Art Diskretion oder Distanzierung. Sie füllen den Zettel sehr langsam aus, als wollten sie dem Parksünder die Möglichkeit geben, noch anzukommen, bevor des Polizisten Unterschrift auf dem Mandat steht. Solange die nicht dasteht, kann man mit ihm reden. Man kennt ihn mit Namen, und man spricht in dieser Stadt weder von der Intelligenz noch von der Dummheit der Polizisten, viel eher von der Rothaarigkeit, von der Dickbäuchigkeit, von der Bierfreundlichkeit, von der Zugeneigtheit für Weibliches einzelner Exemplare. Nur ganz nebenbei sei erwähnt, daß man hier in dieser Stadt nicht nur die Polizei, sondern fast alles als Ruhe vor dem Sturm empfindet und daß die Keller bis zur Decke mit Notvorräten vollgestopft sind in Erwartung irgendeines Ereignisses. Der Ort, wo sich der Bürgermeister Wengi vor die Kanone der Katholiken stellte, die auf Protestanten schießen wollten, wird heute noch von den Bürgern der Stadt gemieden. Angeblich weil dort auf dem Aaremäuerchen nun die Langhaarigen, die Hascher, die Arbeitsscheuen herumsitzen – in Wirklichkeit aber, weil auch vierhundert Jahre später keiner den Eindruck machen will, doch noch schießen zu wollen. Einen Unteroffiziersverein allerdings gibt es in dieser Stadt. Die Polizei ist bewaffnet und hängt die Pistole an den Garderobehaken, wenn sie ihr

Bier trinkt. Die beiden Polizisten, die nachts ihre Pflicht tun, sind die Patrulie. Ihre Wege sind zufällig, die Stadt ist klein genug.
Die Patrulie findet um zwei Uhr nachts in einer Ecke der Bahnhofsunterführung einen schlafenden Mann. Bärtig, schmutzig, unnötig, ihn zu beschreiben, man kennt ihn: Ueli, der Name ist exakter als eine Beschreibung, es gibt nur einen in dieser Stadt mit diesem Namen, andere Uelis müssen näher umschrieben werden. Die beiden Polizisten bleiben vor dem Schlafenden stehen, wägen ab zwischen der Pflicht und den Umtrieben, zwischen Amtshandlung und privater Hilfeleistung, wecken ihn schließlich mit einem Griff an die Schulter, einem Griff, der etwas Offizielles hat, nicht angelernt ist, aber offiziell. Wie weckt man eigentlich Menschen? Auch Zärtlichkeit ist diesem Griff nicht unähnlich. Man weckt auch immer ein kleines bißchen zu früh, und unsere beiden Polizisten hatten sich jedenfalls vor dem Wecken nicht darüber abgesprochen, wie man ihn anreden soll, ob mit Sie oder mit Du. Die, die mit Ueli überhaupt sprachen, sagten Du: »Du, Ueli.« Aber in einer Uniform ist das Du zu grob und das Sie zu amtlich. Hätte man die beiden Polizisten hinterher gefragt, wie sie ihn nun angesprochen hätten, sie hätten es wohl nicht gewußt. Sie werden ihm aber mitgeteilt haben, daß er hier doch nicht schlafen könne und daß er sich zweitens erkälten könnte und überhaupt.

Zwei Stunden später begleiteten die beiden Polizisten Ueli zurück an den Platz in der Bahnhofsunterführung, murmelten nun fast im Chor: »Guet Nacht!«, fanden das doch nicht ganz angebracht und korrigierten – nun einzeln – »Schlof guet!« Schlichen sich ab, sprachen nicht mehr davon, erwähnten es später in ihrem Rapport nicht, atmeten aber auf, als sie Ueli am nächsten Tag durch die Stadt schlurfen sahen. Er lebt – die Erwähnung im Rapport wäre also ohnehin nicht nötig gewesen. Immerhin vorher die kleine Angst, als man ihn nicht im Restaurant »Feuerwehrhalle« in seiner Ecke hinter seinem Bier sitzen sah.

Sie hatten ihn in der Nacht zuvor in den Fond des Autos gesetzt, waren mit ihm zwei Stunden rumgefahren, drehten die Heizung etwas mehr auf und versuchten, ihm die Vorteile einer geheizten warmen Zelle gegenüber der kalten Bahnhofsunterführung schmackhaft zu machen, versprachen auch Bier, versprachen Kaffee und sahen ein, daß Ueli all das nicht wollte. Sie hatten sich immerhin lächerlich gemacht, die beiden Polizisten. Sie erzählten nie davon. Wäre Ueli erfroren – Ueli wäre lieber erfroren als –, es wäre wohl ausgekommen. Man hätte ihnen wohl Vorwürfe machen müssen. Ueli sagte liebevoll: »Die dumme Sieche.«
Als Ueli starb, wurde seine Urne beigesetzt im Grabe seiner Mutter. Der Name auf dem Grab ist nicht sein Name. Wir wußten erst, als wir vor dem Grab standen, daß dies das Grab seiner Mutter ist. Jemand wußte es, und wir flüsterten es uns gegenseitig zu. Jeder flüsterte es mehrmals und kriegte es mehrmals geflüstert. Ueli, so scheint es, wurde einmal geboren, so scheint es. Und Ueli war sogar Soldat, also amtlich festgehalten, Kanonier, schwere Artillerie, ich höre das Keuchen seiner schwindsüchtigen Lunge, wenn ich das Wort »schwer« höre. Irgendeinmal hat man ihn laufen lassen, Ueli war einer, den man laufen läßt. Ueli war ohnehin einer, der bleibt, und er war schon immer da. Nie angekommen. Unvorstellbar, daß er einmal ein Kind war, unvorstellbar, daß er einmal zur Schule ging – vorstellbar, daß

er täglich vom Lehrer verprügelt wurde. Und der Lehrer hätte Uelis Gesicht so wenig beschreiben können wie wir und behauptet, er hätte keines. »Man sieht es ihm schon an«, hätte er gesagt.

Der Wirt aber gegenüber der Kathedrale ist verlogen genug, um zu behaupten, er erinnere sich, wie Ueli reingekommen sei durchs Baseltor, kurz vor Sonnenaufgang, als das Tor geöffnet wurde, oder kurz nach Sonnenuntergang, bevor man es schloß. Er erinnere sich, wie der Torwächter Ueli zugerufen habe »He, du!«, aber der sei weitergelaufen, stehengeblieben erst und dann weitergelaufen. Er erinnere sich, wie sein Vater, der Wirt, vor der Tür gestanden sei – wie immer, wenn das Tor geöffnet wurde, oder wie immer, wenn man es schloß, sagt er –, vor der Tür gestanden sei, die weiße Schürze über dem Bauch glattgestrichen habe, den Kopf geschüttelt habe und gesagt habe: »So einer!« Man habe gewußt, was das zu bedeuten gehabt habe, wenn der Wirt gegenüber der Kathedrale gesagt habe: »So einer!« Was das denn zu bedeuten gehabt habe, fragte man, und man bekam die Antwort, daß man es eben wußte.

So verlogen wie der Wirt ist die Stadt, aufgeputzt und mittelalterlich wie ein Tiroler Ferienort und süddeutsch wie ein Bilderbuch. Den Autos allein ist es zu verdanken, daß Wirte hier vor ihren Türen nicht die Schürzen glattstreichen, und die Stadtväter gehen durch ihre Stadt und winken den Wirten zu, als würden diese ihre Schürzen glattstreichen.

Ist das nicht schön?
Möchte man da nicht leben?
Ist etwa der Turm der Kathedrale kein Wahrzeichen?

Und die Bäcker klopfen vor ihrem Laden das Mehl von ihren weißen Schürzen, und die Apotheker schließen vor ihrem Laden die Stehkragen ihrer weißen Schürzen, und die Lehrer gehen in der Pause vor dem Schulhaus auf und ab, und ihre weißen Schürzen haben kleine Flecken von roter Korrigiertinte.

Die schöne Magelone Lehmann aber – Wilhelms Tochter – betrinkt sich schon wieder. Der Wirt streicht sich über den Bauch, und sie blüht auf im Rausch, bäumt sich auf im Rausch, zieht den Bauch ein im Rausch und sagt: »Er kommt, er muß kommen, ihr könnt mir alle, er kommt.« Für die einen das Zeichen, sich um Magelone zu scharen – die besoffene Magelone als Hoffnung, für die andern, sie zu meiden – die Besoffene als Ärgernis, und alle kennen sich gegenseitig so schlecht und recht wie wir die Polizei und wie die Polizei uns alle. »Der kommt«, sagt Magelone. Inzwischen ist Ueli noch keine paar Meter weitergekommen. Am ersten Wirt vorbei, am ersten Bäcker, am ersten Apotheker vorbei, immer noch das »He, du!« des Torwächters im Ohr, mit jenem schlurfenden Schritt eines Mannes, der die Flucht nie gelernt hat, mit jedem Schritt einen Schritt älter, keuchend, kurzatmig, müde. Magelone kotzt. Der Wirt lächelt. Der Jüngling grinst. Im Säli ist die Vorstandssitzung eines Schützenvereins. Alle sind gegen Paul. Man diskutiert darüber, ob es ins Protokoll soll. Ueli schlurft am zweiten Wirt vorbei.

Ueli kriegt einen Brief. Er soll bei der Einwohnerkontrolle vorsprechen. Ueli kann lesen, er versteht die Wörter, er liest langsam. Er steckt den Brief in die Rocktasche. Er wird ihn schon nicht verlieren. Auf dem Brief steht sein Name »Ueli

Ammon«. Ueli ist der Einzige, der diesen Namen kennt. Der Beamte hat ihn abgeschrieben von einer Karteikarte. Der Wirt, bei dem Ueli nun arbeitet – keuchend eine Kiste in den Keller trägt, keuchend eine Kiste aus dem Keller holt, allzu vorsichtig die Stühle auf die Tische stellt, allzu vorsichtig die Stühle von den Tischen nimmt –, der Wirt fragt ihn, was er da für einen Brief habe. Ueli holt ihn aus der Tasche, gibt ihn her. Der Wirt liest ihn, liest ihn dann vor. Ueli hört nicht richtig zu. Der Wirt sagt: »Du mußt auf die Einwohnerkontrolle.« – »So«, sagt Ueli.
Ein Gast, jener, der den Kopf in den Nacken legt, wenn er spricht, sagt nun – er fragt nicht, er sagt –: »Welches ist denn eigentlich die Einwohnerkontrolle, ist das die bei der Kathedrale oder die im Rathaus oder die hinter dem Baseltor.« Vielleicht sei es aber die bei der Polizei oben, sagt einer. Ueli hat den Brief längst wieder in die Rocktasche gesteckt. Es ist schließlich sein Brief. Man kann hier nicht fragen: »Wo ist die Einwohnerkontrolle?« Dafür ist die Stadt zu klein. Wer so fragt, ist ein Fremder. Man kann nun aber – und das tun sie in der Feuerwehrhalle – stundenlang darüber diskutieren, welche nun eigentlich die Einwohnerkontrolle sei. Man kann behaupten, wetten, ganz sicher sein, man kann annehmen, vermuten, sich erinnern – man kann inzwischen dem Ueli ein Bier bezahlen und ihn vergessen. »Also früher war sie draußen bei der Baseltorkreuzung.« »Nein, dort, wo sie früher war, das gibt es gar nicht mehr, das Haus, wo sie dort früher war.« General Kosciuszko reitet eben auf seinem weißen Pferd vorbei. Man rennt aus der Feuerwehrhalle, stellt sich in Reih und Glied und zieht den Hut. Ueli bleibt sitzen. Man schämt sich ein bißchen über das Thema der Einwohnerkontrolle. Vor General Kosciuszko erblaßt das Thema. Ueli erzählte später ab und zu vom Pferd des Gene-

rals, aber jetzt wieder dieselbe Diskussion – vorerst mal den Kopf in den Nacken gelegt – über die Farbe des Pferdes. Ueli legt die Ellbogen auf den Tisch und sinkt langsam hinter sein Bier. Ob er katholisch war, der General? Freisinnig sicher, jedenfalls freisinnig!

Politik war ohnehin eine Sache der Generale. Kosciuszkos Stallburschen Ueli fragte man nie danach. Und wenn Kosciuszko ihn, den Schäbigen und leicht Buckligen, als seinen Kammerdiener vorstellte und erwähnte, daß er ein provenzalischer Adliger sei, dann nahmen die solothurnischen Ratsherren dies als Scherz, und in der Feuerwehrhalle neckte man Ueli damit, daß er sich dauernd am Hofe der Ambassadoren herumtreibe, einer Frau wegen wohl. Mag sein, daß dies eine Verwechslung mit Casanova war, der sich als Schauspieler am hiesigen Stadttheater mit seinem italienischen Akzent in einem Theaterstück von Racine oder Corneille abmühte. Es gab in dieser Stadt jedenfalls viel adeliges Gesindel, sei es, weil diese Stadt eine große Anziehungskraft auf Heruntergekommene ausübt, sei es, weil sie schließlich doch alle kaputtmacht. Sicher aber ist die Operette hinter den Kulissen nicht so lustig, und hinter den Toren des Ambassadorenhofes nehme die Freundlichkeit der Polizisten ab, sagt man, aber von welcher Polizei in welcher Stadt sagt man das nicht?

Geschwätz machte Ueli nur müde, und auf einen Scherz reagierte er nicht mit Lachen, sondern mit einem untauglichen Versuch, sich zu verteidigen, mit einer Handbewegung, kaum ausgeführt, mit einem Satz, der in sich steckenblieb, oder mit einer Bemerkung, die in keinem Zusammenhang mit dem Gespött stehen wollte, die Bemerkung zum Beispiel, daß Hundefleisch, richtig zubereitet, nicht nur gut, sondern auch gesund sei. Und er beharrte darauf. Er beharrte auch ohne Widerspruch darauf, auch wenn die anderen sagten, daß sie schon davon gehört hätten, auch wenn die anderen auf die Deklaration ihres Ekels verzichteten. Wenn aber einer dasaß, der offensichtlich etwas davon wußte, der zum Beispiel sagte: »Wir kannten als Kinder kaum anderes Fleisch«, dann blieb Ueli im nächsten Satz stecken wie einer, der sich plötzlich an nichts mehr erinnert. Ein ähnlich offenes und leeres Gesicht hatte Ueli, wenn er französische Sätze hörte. Sicher verstand er sie nicht, wenn man sich auch erzählte, daß er sich seine Lungenschwindsucht in belgischen Kohlengruben geholt habe. Sein Gesicht aber signalisierte nicht Erinnerung. Ueli hatte irgend etwas vergessen. Er reagierte auch nicht, wenn sich an Wochenenden spät abends zwei drei von jenen pudrigen Franzosen, die sich allesamt Ambassadoren nannten, in die niedrigen Beizen unten beim Landhaus verirrten, ihre Halskrausen etwas öffneten, die Perücke etwas verrutschen ließen, um eher wie Pferdekutscher auszusehen, sich anzubiedern versuchten, dabei aber sehr eng beisammen saßen, hier so verachtet wie die Niederen im Hôtel de la Couronne. Und wenn es ab und zu eine Schlägerei gab, dann entstand um den Tisch der ängstlichen Ambassadoren ein Leerraum, und sie saßen da wie auf einer Tribüne, und der Kellnerin sagten sie Mademoiselle, diese Laffen.

Nur Magelone war eine von uns. Was die so genau tat am Hofe oben, das wußte niemand. Französisch konnte sie und Schreibmaschineschreiben auch, doch war es lächerlich von Madame, sie als ihre Sekretärin auszugeben. Madame konnte ohnehin nicht lesen, und Mage Lehmann soll auch ein viel gepflegteres Französisch gesprochen haben als sie. »Lächerlich, lächerlich«, sagte Magelone, und wenn sie's dreimal sagte, dann wußte man, daß sie sich nun sehr langsam besaufen wird, daß bald einer von den Lakaien hereinkommen wird, versuchen wird, sie abzuschleppen. Magelone wird eine Szene machen, den Lakaien unanständiger Anträge bezichtigen, und dieser wird mit hochroten Ohren und unter dem Gelächter der Plebejer abziehen. Magelone wird aufblühen, wird nun sagen, daß sie unbedingt eine weiße Kamelie benötige, und zwei drei Trunkenbolde ziehen ab, um Kamelien aufzutreiben, und bringen büschelweise annähernd weiße Blumen zurück, überreichen sie ihr mit unanständigen Verbeugungen, diese Rüpel. Und Magelone sagt: »Bäh«, verläßt das Lokal. Irgendeiner rennt ihr nach – erfolgreich, erfolglos – was soll's.

Ihre Kollegin im Büro wird ihr am Morgen wieder Vorwürfe machen, nicht ausgesprochene, nur angedeutete. Wird auch versuchen, ihr irgendetwas zu entlocken, oder wird auch nur sagen, daß ihr Zigarettenkonsum tödlich sei, oder wird ihr irgendein schlechtes Theaterstück oder einen Film von Fellini oder Ferien an der Adria empfehlen oder sagen: »Mein Freund sagt immer ...« Und Magelone steckt sich eine Zigarette an, und Ueli schläft noch in seinem Zimmerchen. Morgens um fünf ist er schon erwacht, ist durch die Stadt geschlurft, hat irgendwo einen alten Velorahmen gefunden und mitgenommen, Alteisen, immerhin ein Wert. Nun steht der Velorahmen neben dem Bett, und Ueli schläft noch mal und hustet ab und zu. Einmal erzählt er, daß er bei einem morgendlichen Spaziergang, nach Sonnenaufgang, etwas gesehen habe durch ein Fensterchen im Frauenkloster. Da sei ein Kapuziner gewesen, und er habe da etwas gesehen. Er erzählt es nicht begeistert, sondern einfach so. Vielleicht hat er nur gesehen, wie ein Geistlicher mit der Frau Mutter gesprochen hat. Wäre es mehr gewesen, es hätte bei ihm nicht mehr Emotionen ausgelöst.

Magelone soll die Tochter eines Königs von Neapel gewesen sein, eher in dieser Stadt hängengeblieben als irgendwann angekommen. Jedermann wollte mit ihr in der Schule gewesen sein, der eine in Deitingen, der andere in Recherswil, und einer sagte: »Die – und von Neapel!« Daß Casanova sich oft mit ihr unterhalten habe, ohne ihr den Hof zu machen, daß er sich ausgerechnet mit ihr über griechische Philosophie unterhalten habe – wer glaubt's. Aber Vater Nüssli erzählte noch davon, wie er als Kind hier in der Hauptgasse gestanden sei, an der Hand seines Vaters, wenn die neuen Huren in Kutschen durch die Stadt gefahren wurden, wie sie winkten, und viele standen da – zufällig –, und niemand wollte wissen, um was es eigentlich ging, und keiner winkte zurück. Man habe sie abgeholt in Neu-Solothurn am Bahnhof und sie in Kutschen zum Bordell beim Westbahnhof geführt. Etwa 1910 sei es geschlossen worden.

Vater Nüssli erinnert sich noch an eine. An eine mit großem schwarzem Hut und Schleier und einer weißen Blume. Sie habe ihm, dem kleinen Nüssli, zugelächelt, wohl in der Meinung, daß sie einem Kind zulächelt, aber sie hat einem Mann zugelächelt, und der Kleine konnte nächtelang nicht mehr schlafen, und tagsüber habe er sich beim Haus unten beim Westbahnhof herumgetrieben. Es habe ihm niemand gesagt, was das für ein Haus sei. Man habe mit ihm nie über diese Dinge gesprochen, auch später nicht, aber er habe sich doch vorgestellt, wie das wäre, wenn die schwarze Dame mit ihren Augen und ihrem Busen ihn, den kleinen Nüssli, gefragt hätte, ob er sie heiraten wolle. Er denke oft daran, daß diese schwarze Dame wohl nun tot sei. Später wurde ab und zu ein Lokal geschlossen – und dann immer dieselbe Geschichte mit den besseren Herren und dem Tisch und der Serviertochter nach Feierabend.

Man hat den Feuerwehrkommandanten Nüssli dann auch ausgelacht dafür, daß er mal eine vollbusige Frau aus einem brennenden Haus getragen habe, auf den Armen getragen habe wie ein kleines Kind, und dann mit ihr noch einige Minuten so vor dem Haus gestanden sei und nicht recht gewußt habe, was nun geschehen soll, wie wenn er sich überlegt hätte, ob sie ihm nun gehöre und wie er sie wieder loskriege. Als Magelone hier wieder auftauchte, war Nüssli schon tot, und unter der Tür seines Ladens steht der Nachfolger in weißer Schürze und streitet oder scherzt mit der Polizei darüber, ob es sich beim Auto vor seinem Haus um Ein- und Auslad oder um Parkieren handle. Der Polizist schaut auf seine Uhr – das heißt etwas – und geht.

Nur einmal ist Ueli geblieben, einfach geblieben, trotzig nicht weggegangen: als im Hofe oben die Zigeuner den Ambassadoren aufspielten – die Zigeuner, so echt oder falsch wie Zigeuner heute noch sind, und den französischen Herren sah man an, daß es ihnen Mühe machte, sich die Musik gefallen zu lassen, und die solothurnischen Vons und Des wußten nicht so recht, ob ihnen das nun gefallen dürfe, standen rum mit roten Köpfen und hatten als Ausweis ihrer Noblesse nichts anderes anzubieten als ein paar französische Sätze mit einem schönen, gediegenen R in der Kehle und plusterten sich auf, daß sich ihre Gehröcke über dem

Bauch spannten wie die weißen Schürzen der Wirte. Und unten beim Rathaus stand eine schwarze Masse von Leuten, mitunter auch solche, die in französischen Kriegsdiensten ein Bein geopfert hatten und damit den Grundstein legten zum Reichtum und zur politischen Karriere jener rotköpfigen solothurnischen Sklavenhändler, den Grundstein legten zur blühenden Industrie des zwanzigsten Jahrhunderts, ohne es zu wissen. Und der schwindsüchtige Ueli war da, Stallbursche des Generals, geneckt von allen, und er drängte sich vor und rief dem Geiger zu: »Mach noch so einen, Geiger, mach noch so einen!« Und die Polizisten zogen ihre Säbel und drohten der schwarzen Masse. Aber Ueli rief »Bravo!« und stand nun im Niemandsland zwischen der schwarzen Masse und den Bäuchen, und bei jedem Bravo kam er einige Schritte weiter, und als ihn einer der Schergen am Ärmel packte, da riß er sich los und eilte – denn als Rennen konnte man seine Eile nicht bezeichnen – ins Licht der Fackeln und stand da, und – es muß das erste Mal in seinem Leben gewesen sein – er hob seinen Kopf. »Boschur, Boschur«, rief er, ein französisches Wort. Und die Ambassadoren achteten nicht darauf, und die schweinsköpfigen solothurnischen Herren zogen ihre Hälse zu Wülsten und machten im Chor jene Handbewegung aus den Hüften als Befehl an die Schergen, und die besoffene Magelone lachte und rief: »Bravo, mach noch so einen«, und als sich einer der Pudrigen zu ihr neigte und sie zu beschwichtigen versuchte, stand sie auf in der Art, wie es Trinker tun, die zeigen möchten, wie nüchtern sie sind, und sie rief: »Retirez vos mains du Prince de Provence!« Und nun drängte man Magelone sanft zur Seite, und man ließ Ueli stehen, und die Musik der Zigeuner versickerte. Ueli schlief bald ein hinter seinem Bier in der Feuerwehrhalle. Der Wirt sagte: »Ueli ist müde.« Das war als Mitteilung an die anderen Gäste gemeint. Hier ließ man ihn schlafen.

Und alle, die einmal hier waren, kehren zurück, immer wieder, man kommt gern zurück nach Solothurn – und jedes Mal ein bißchen älter, ein bißchen müder. Und Niklaus Wengi sitzt rum und versucht, sich ans sechzehnte Jahrhundert zu erinnern, ist Mitglied der Altstadtkommission und verlangt an der Sitzung ausdrücklich und mit Nachdruck, daß sie schön werde, diese Stadt, so daß man werde stolz sein dürfen, und daß die Fremden kommen, daß endlich die Fremden kommen, endlich jemand kommt, der nicht schon da war. Man sagt, daß es dem Hausburschen Ueli gar nicht aufgefallen sei, als sie das Bordell unten beim Westbahnhof schlossen, daß er noch wochenlang mit einem feuchten Lappen durchs Haus gegangen sei und da und dort damit über einen Sims gefahren habe, daß er immer noch Kisten in den Keller getragen habe und Kisten aus dem Keller geholt, keuchend und langsam. Die letzten Huren seien nicht in Kutschen weggeführt worden, sie hätten sich einzeln davongeschlichen, und Magelone habe Ueli einen Ring in die Hand gedrückt. Er habe ihn lange aufbewahrt, bis er ihn versetzt habe bei einem Herrn Busant, oder wie der geheißen habe. Inzwischen wird die Stadt geputzt, geplättelt, aufgemöbelt, angefärbt, und die Mädchen warten am Baseltor auf die Fremden, auf die, die noch nie da waren. Magelone sagte immer, daß er kommt. Und die Stadt Solothurn heißt die Delegierten des eidgenössischen Sängervereins willkommen, der Stadt Solothurn ist es eine Ehre, die Schweizer Unteroffizierstage durchzuführen, die Schriftsteller sind in Solothurn, die Cineasten sind in Solothurn, Napoleon war da und Casanova, und alle kommen wieder, und alle sind von hier. Nur Ueli ist an dieser Stadt vorbeigegangen, als wäre er nie dagewesen, und nur Magelone schimpft auf alles und wartet auf niemanden.

Herr Busant wohnte schon lange nicht mehr in der Stadt, aber wenn er kam, alle zwei drei Jahre einmal, dann wußte man es, und das Essen mit den Stadtvätern im Hôtel de la Couronne war so etwas wie ein Staatsempfang. Selbstverständlich war es Herr Busant, der einlud, und selbstverständlich wäre Herr Busant traurig gewesen, hätte man die Einladung ausgeschlagen. Er bezeichnete sich auch als Heimwehsolothurner und beklagte wortreich die Verelendung der schönen ortsüblichen Mundart. Die Stadt empfand ihn als Gönner, und wenn der Stadt drohte, daß etwas in fremde Hände kommen könnte, dann kaufte er es für sich – er, der sein Herz halt immer noch in Solothurn hatte, und wenn die Ambassadoren oder die Polizeimusik oder der Turnverein ins Ausland reisten, trafen sie immer auf einen Vertreter von Herrn Busant, der zum mindesten einen Apéritif spendierte und ihnen erklärte, wie froh sie sein könnten, in eben diesem Solothurn, dem sein Herz gehöre, wohnen zu dürfen. Es ist nicht anzunehmen, daß der Busant damals – neunzehnhundertzehn – Uelis Ring belieh, um eben diesen Ring an sich zu bringen, und es ist nicht anzunehmen, daß er Ueli mit diesem Ring erpreßte, als er ihm eine gut bezahlte Stelle in einer belgischen Kohlengrube anbot. Vielleicht aber dachte Ueli daran, daß Magelone französisch sprach, und so war ihr Belgien doch immerhin näher als irgendein anderer Ort auf der Welt. Paris war ohnehin nichts für Ueli. Und wenn sich irgendein Sozialdemokrat zu Ueli setzte und ihm entlocken wollte, daß er vom Busant nur ausgenützt worden sei, dann wurde er richtig böse und sagte, daß er in seinem Leben nie so gut verdient habe und daß er sich auch etwas geleistet habe fürs Geld und daß seine Lunge damit gar nichts zu tun habe, daß er diese Lunge schon immer gehabt habe, und überhaupt, er bringe sich schon selber durch, und dankeschön, vielen Dank für das Bier.

Als Ueli zurückkam aus Belgien – nicht weil er krank war, nur weil man ihn nicht mehr brauchen konnte –, da wohnten die Armen noch in der Stadt, da waren die Häuser der Altstadt noch alte Häuser. Ueli war der letzte, nun wohnen sie nicht mehr. Nun ist keiner mehr hier. Die Armen sind tot, und Herr Busant hat alles schön gemacht. Jene in den blauen Uniformen sind die Polizei, jene in den schwarzen Uniformen sind die Feuerwehr, und jene in den grünen Uniformen sind der Unteroffiziersverein, und sie reihen sich auf an Samstagen auf der Treppe der Kathedrale und spielen für die Fremden, die nicht kommen, Solothurn. Der Stadtammann steht oben auf der Treppe und lobt alle, die hier waren, die Römer und die Ambassadoren, und dankt dem Busanten, der alles wieder so gemacht hat, wie es früher war. »Ja, so schön war es noch nie«, sagt Niklaus Wengi, und die Herren von der Altstadtkommission nicken. Die Wirte stehen in ihren weißen Schürzen vor den Türen. Vor den Fenstern stehen die Geranien wie im Mittelalter. Wenn das General Kosciuszko noch hätte erleben können!

Der Wirt ruft nach Ueli. Der kommt mit einer Schaufel voll Sägemehl, streut es über das Zeug von der Magelone, wischt es auf. Magelone ist bleich. Ueli bleibt vor ihr stehen, schaut sie an. Der Wirt ruft. Die Polizisten haben damit nichts zu tun. Kotzen ist nicht gegen das Gesetz. Sie schauen sich an, die beiden Polizisten, sie wissen nicht so recht, ob Kotzen gegen das Gesetz ist. Sie haben jetzt neue Uniformen und einen Dreispitz wieder und einen Säbel wieder und über dem Stadtwappen auf der Brust wieder eine schöne goldene Krone.

Ueli hätte Magelone das Mieder öffnen können, damit sie besser hätte atmen können. Er hätte sie auf die weiße Brust küssen können. Er hätte sie auf seine Arme nehmen können und auf sein Zimmer tragen. Das hat Ueli nicht getan. Hier hat niemand niemanden getroffen. Hier geschieht nichts, hier geschieht nichts – arme Magelone, armer Peter von Provence – reicher Herr Busant.

Laufbahn

Alles beginnt damit – um ganz am Anfang zu beginnen –, daß etwas in die Welt gesetzt wird, doch nur sehr wohlhabende Leute tun es mit Absicht.
Alles andere ist Nachahmung, nicht sinnlos, aber so etwas wie Nachahmung.
Und einer ruft an und sagt seinen Namen und dann Guten Tag und dann nichts mehr.
Einer ruft an und setzt sich selbst in die Welt.
Die Frage »Wie geht's« bleibt mit dem Wort »Gut« unbeantwortet.
Es ist die Frage nach einer Geschichte.
Erzähl mir doch was, erzähl mir doch was, und ohne mir Gedanken zu machen über Alter, Aussehen, Beruf und soziale Bezüge, erfinde ich mir einen Namen:
Salomon Adalbert Meier –
ein Name, so schlecht wie jede Erfindung. Immerhin gibt er mir Gelegenheit, davon zu berichten, wie Meier zu diesem Namen gekommen ist, Gelegenheit, im späteren Verlauf die Anekdote vom Polizisten zu erzählen, der auf diesen Namen handgreiflich reagierte, weil er ihn für ein allzuschlecht erfundenes Pseudonym hielt. Der Polizist, seine Pflicht tuend, Kinder habend – sich entschuldigend auch später und jedenfalls mit der Bezeichnung Polizist noch lange nicht beschrieben. Selbst Bauarbeiter sind mit dem Begriff Bauarbeiter besser beschrieben, unter der Bedingung, daß es überhaupt so etwas wie Bauarbeiter und nur Bauarbeiter gibt, daß sie also nicht auch noch Radrennfahrer oder Bankräuber oder Rosenzüchter sind. Sind sie zum Beispiel Radrennfahrer,

dann muß ich als Autor zusätzlich wissen, daß nach dem internationalen Reglement – das seine Gültigkeit auch für regionale Rennen hat – Radrennfahrer in schwarzen Hosen und weißen Socken anzutreten haben, zudem in einem Trikot mit geschlossenen Ärmeln. Der Leser sei bei dieser Gelegenheit auch darauf aufmerksam gemacht, daß sich diese Regel an Fernsehübertragungen von Straßenrennen überprüfen läßt und daß diese Überprüfung zur allgemeinen Spannung einen kleinen, aber besonderen Zusatzspaß beitragen kann. Erst das Wissen um die internationalen Bestimmungen macht aus den einzelnen weißen Socken allgemein weiße Socken.
Die schwarzen Hosen der Radrennfahrer sind uns selbstverständlich. Wir haben uns noch nie gefragt, warum sie schwarz sind, nun wissen wir, daß sie schwarz sind, auf Grund eines entsprechenden Reglements, und erst jetzt fällt uns auf, daß wir noch nie rote oder gelbe Radrennfahrerhosen gesehen haben. Das Fehlen der Ausnahme läßt uns die Regel nicht erkennen. Ähnliches wäre vielleicht auch vom Gebiet der Rosenzucht zu sagen, über das sich der Autor allerdings erst Informationen beschaffen müßte. Das kann – ich gebe das gern zu – von ihm zwar erwartet werden, aber ich nehme an, daß der Leser an dieser Stelle auch gern darauf verzichtet und dem Vorantreiben der einmal begonnenen Geschichte den Vorzug gibt.
Salomon Adalbert Meier jedenfalls hat seine Pflicht getan: er hat uns bereits auf die dritte Seite der Geschichte geführt.
Wir könnten ihn entlassen, ohne auch nur eine seiner Qualitäten zu erwähnen – ohne Alter, ohne Beruf, ohne Kleidung, ohne Haarfarbe.
Und wir müssen nachträglich auch eingestehen, daß die Er-

findung von allzu erfundenen Vornamen nicht notwendig gewesen wäre. Trotzdem können wir die Namen nicht mehr durch einfachere ersetzen. Die Erwartungen, die die ausgefallenen Namen erweckten, sind zu erfüllen.
Salomon Adalbert Meier allerdings ist – so nehme ich an – ohne Gründe zu seinen Vornamen gekommen. Seine Mutter, eine einfache Frau, fand sie in einer Liste, die auf Zivilstandsämtern bezogen werden kann, und sie hat ihre Namen gegen einen weniger romantischen Vater durchgesetzt. Mag sein, daß sie – geborene Schulthess – unter dem Nachnamen Meier, nämlich unter seiner Häufigkeit litt und sich vorstellte, ihrem Kind und späteren Sohn mit wohlklingenden Vornamen Unterscheidung mit auf den Weg – Pianist vielleicht oder Bankprokurist – zu geben.
In Tat und Wahrheit aber hatte Salomon Adalbert seine ganze Jugend ohne Vornamen zu verbringen. Selbst die Abkürzung Bert oder Berti wollte die Mutter nicht zulassen, und sie wies die Lehrer ihres Sohnes an, ihn mit dem ihm zustehenden Vornamen anzusprechen. Dem Salomon-Adalbert – nun auch mit Bindestrich – war dies schon sehr bald peinlich, und er zog es vor, mit Meier angesprochen zu werden! Du, Meier.
Daß es einen Dichter namens Salomon Gessner gab und einen andern namens Adalbert Stifter, das mußte er ja nun eigentlich gewußt haben, aufmerksam gemacht vielleicht erstmals vom älteren Pfarrer mit einer Nebenbemerkung im Religionsunterricht. Aber der Autor kann sich im Augenblick noch nicht entscheiden, ob er ihn, Meier, diesen Adalbert Stifter auch lesen lassen soll – ob die Zeit reif sei, der Geschichte ihren Lauf zu lassen, und damit den Reiz des Erzählens durch Erzähltes zu vernichten.
Lassen wir ihn fremd sein, angekommen von weit her, ir-

gendeinmal – in den späten zwanziger Jahren, angekommen in dieser, unserer Stadt: Österreichisch-ungarischer Abstammung, ein Adliger, wie gemunkelt wurde, der bei den Husaren im Ersten Weltkrieg mit Rilke gedient hat. Hat Rilke gedient? Ich weiß es nicht. Und selbst wenn wir dem Meier einen Jahrgang um die Jahrhundertwende geben, ist er zu jung. Jener hieß auch nicht Meier, aber er soll hier im Kino Klavier gespielt haben, als das Kino noch stumm war, hatte ein hohles Kreuz und eine gute Bildung, und er machte sich lächerlich damit, daß er zu allem, was es an Bildung gab, eine persönliche Verbindung herstellte – mit Rilke gedient bei den Husaren, nur einmal zum Einsatz gekommen, und der Hauptmann hob seine Hand, um das Zeichen zum Angriff zu geben, da schossen ihm die Italiener – da schoß ihm ein Italiener durch diese gehobene Hand, und der Hauptmann befahl den Rückzug – schöne Geschichte – irgendwo gelesen – ich werde mich freuen, wenn ich's einmal antreffe als Leser, vielleicht bei Joseph Roth – immerhin Geschichten.

Aber Meier kann ich nicht mit Rilke bei den Husaren gedient haben lassen. Er würde mir ohnehin zu alt, wenn ich's täte. 1898 als Jahrgang ergibt schon heute ein Alter von 87 Jahren, und wer weiß, wann wir mit dieser Geschichte zu Ende kommen. Denn sterben lassen können wir Salomon-Adalbert Meier nicht. Es ist zu einfach, Leuten ein Leben zu geben durch ihren Tod. Doch könnten wir vielleicht Salomon-Adalbert einen Zug besteigen lassen mit einem großen Kranz mit Herbstastern, mit einer schwarzen Melone, mit einem weißen, seidenen Halstuch – wir könnten ihn zum Beispiel nicht ankommen lassen.

Wer nimmt uns das ab?

Aber ich habe heute morgen durch Zufall, als ich am Bahnhof Zigaretten kaufte, einen Zug einfahren sehen, Leute erst warten und dann einsteigen sehen, jemand jemandem auf die Schulter klopfen sehen – ich meine, ich müßte, wenn schon, dem erfahrungslosen Meier zum mindestens mit meinen zufälligen Erfahrungen aushelfen.

Leute mit Totenkränzen habe ich schon lange nicht mehr Zugfahren sehen. Aber das gab's. Und irgendwie war es immer böse. Die Frau rückte dem Mann die Krawatte zurecht, versuchte, ihm einen Kamm zuzustecken, was er ablehnte, putzte mit einem Teil seiner Jacke einen andern, der mir auch nicht schmutzig schien. Es ist ein sehr geschäftiges Geschäft, Kränze zu tragen.

»Es ist ein sehr geschäftiges Geschäft, Kränze zu tragen«, sagte Salomon-Adalbert Meier.

»Salomon-Adalbert Meier, Leichenbestattungen und Überführungen« als Firmenschild über einem Schaufenster mit Wachsblumen und zwei schlicht verzierten, auffallend unstaubigen Kupferurnen: das würde vielleicht doch ab und zu Leute stehenbleiben lassen, Touristen fotografieren lassen, Gymnasiasten lächeln lassen.

Ich schrecke nicht grundlos davor zurück, ihm eine Firma zu geben, aber ich weiß, wenn ich ihm keine Chance gebe, dann gebe ich auch mir, dem Autor, keine. Ich hoffe immerhin, daß meine Zuhörer nicht auf der schwarzen Melone und auf dem weißen Seidenschal beharren, denn wir könnten Meier in diesem Aufzug keinen Zweier Twanner im »Kreuz« trinken lassen, und diese Möglichkeit müssen wir uns für den Fall, daß Meier ein Nichts bleibt, offenlassen.

Doch ich weiß genau, daß, wenn ich das schreibe, der Leser schon einen Mann in unpassendem Aufzug – schwarze Melone – in schäbiger Kneipe sitzen sieht, und ich kann das nur noch ein bißchen in eine andere Richtung bringen, wenn ich ihm ein mit Elektrikerdraht und Isolierband geflicktes Brillengestell andichte, nämlich über die Ohren schiebe. Die Melone würde dann etwas staubiger, der Seidenschal etwas schmutzrandig, und beides hätte den Vorteil, daß Salomon eine Geschichte bekäme ohne mein Zutun. Nur, Isolierband ist heute nicht mehr das Allerweltsreparaturmittel und in Haushaltungen gar nicht so häufig. Schon die Mittel allein fehlen also heute, um einen annähernd echten Vaganten oder Clochard auszustaffieren, und mein Bestreben, eine Geschichte von heute zu schreiben, dürfte längst aufgefallen sein: eine Geschichte nämlich aus den Achtzigerjahren des zwanzigsten Jahrhunderts.

Für Atomwerkgegner sind es die Jahre des Kampfs gegen Atomwerke. Salomon, befragt danach, würde von sich behaupten, dazu eine Meinung zu haben. Ich schwöre, er hat keine, ob mit staubigem oder sauberem Hut, er macht mir den Eindruck, er wäre dafür.

Natürlich geschieht in diesen Achtzigerjahren noch anderes in der Welt, aber nicht hier, hier nicht, und Salomon, vor fünfzig Jahren als Emigrant in diese Gegend gekommen, schätzt diese Gegend – Hut ab.

Ich ertrage Deinen Hut nicht, er paßt mir nicht ins Konzept, und ich verbitte es mir, daß Du Dich mit Dingen schmückst ohne meine ausdrückliche schriftliche Einwilligung: denn ich will ihn nicht leben lassen, bevor ich weiß, was mit ihm geschehen soll. Ich gebe ihm keinen Hut, bevor ich nicht weiß, in was für Lokalen er verkehren wird. Ich kann ihn nicht in der Uniform eines Bahnhofsvorstands Bankdirektor werden lassen, und ich bitte in dieser Sache um die Solidarität meiner Leser. Wenn wir jetzt nicht zusammenhalten, dann wird er leben, dann wird er Gestalt annehmen, dann

wird er uns gefallen, werden wir ihn uns gefallen lassen müssen.
Zu spät ist es, ihn nach Australien auswandern zu lassen. Selbst der schriftstellerische Aufwand wäre dafür zu groß, denn die kleineren Känguruhs, die wir hier Känguruhs nennen, die heißen dort nämlich gar nicht Känguruhs. Man hat mir gesagt, wie sie heißen, aber ich hab mir's nicht merken können. Ich kann also Meier schon deshalb nicht auswandern lassen, weil ich irgendwo nachschlagen müßte. Solange er nicht lebt, macht er mir keine Mühe.
Aber gerade weil er nicht lebt, ist er eine Gefahr.
Er braucht jetzt wirklich nur noch Hut, Jacke, Hose und Schuhe – und ich bin nicht sicher, ob er sie nicht schon hat, ob er nicht schon etwas geworden ist ohne mein Zutun. Adalbert S. Meier, so nennt er sich nun, will nämlich etwas werden, will nur etwas werden. Schon stehen die Ersten auf, ihn zu verhindern, also gibt es ihn. Schon hat er die ersten Feinde, und schon gehört er zu den Feinden seiner Feinde. Wir haben uns auf den Hut konzentriert, nun braucht er ihn nicht mehr. Nun sind ihm alle Hüte recht, nun ist die Chance vertan, ihn im »Kreuz« ohne Grund einen Zweier Twanner trinken zu lassen.
Adalbert S. hat sich entschieden. Es gibt einen, der Adalbert S. Meier heißt. Man wird mit ihm zu rechnen haben. Wer etwas werden will, muß dafür sorgen, daß Adalbert S. nichts wird. Und wer annimmt, daß er etwas wird, der hat schon heute zu ihm zu stehen. Sein Händedruck, heute noch Händedruck, kann morgen schon Handschlag sein.
Es ist an der Zeit, Adalbert zu verheiraten, beziehungsweise ihm eine Frau zu geben. Wir wollen nicht ungerecht sein: es ist anzunehmen, daß er sich in sie verliebt hat – so besonders ist das ja nicht, ich meine, auch ein Mann wie Adalbert hat

schließlich so etwas wie eine Biologie. Im späteren Verlaufe werden wir diese Frau auf einem Pressefoto neben ihm auf dem Sofa sitzen sehen, ein kleineres Mädchen – Silvia – zwischen Adalberts Knien stehend, ein Sohn – Herbert – auf der Armlehne neben der Mutter sitzend und der Älteste – Adalbert Karl – nicht anwesend, sondern zur Aus- oder Weiterbildung in Boston, Harvard University.

Ich sehe ein, daß wir damit dem mühsamen Verlauf der Geschichte zu sehr vorausgeeilt sind. Zu spät: Adalbert S. Meier jedenfalls ist gewählt und wählbar geworden.

Seine Biographie – wenig, aber hier so gut wie möglich beschrieben – unterscheidet sich nicht von unserer. Alt genug zwar, in den schlechten Zeiten sich schlecht aufgeführt zu haben, aber aufgefallen nicht. Es wäre gemein, zu behaupten, daß sein Leben bis zu seiner Wahl zum Gemeindepräsidenten nicht beschreibenswert ist. Daß es hier nicht beschrieben wurde, hat nur damit zu tun, daß dem Autor in diesem Zusammenhang die Lust fehlt, zu erfinden.

Selbstverständlich wandert Adalbert gern, und selbstverständlich erinnert sich Adalbert in Interviews an seine Jugend.

Adalbert ist auch gescheit, das wissen die Leute, aber das ergibt noch keine Biographie.

Und auch Adalbert hebt am Morgen, wenn er aus der Tür tritt, seinen Kopf und schaut nach dem Wetter, ein Frühaufsteher, und er kennt die Fragen, die man einem Bauern stellt.

Ich frage mich, ob man ihn das in dieser Gegend gespielte Kartenspiel erlernen lassen soll, ob man ihm vielleicht auch eine kleine Leidenschaft dafür gestatten oder zubilligen soll, ob er dem roten Wein ein wenig zugeneigt sein darf.

Da hätten wir uns allerdings zuvor für einen Körper zu entscheiden. Ist er laut – denn »laut« ist eine Beschreibung des Körpers – und breit – daß »breit« eine Beschreibung des Körpers ist, ist nicht erwähnenswert –, dann kann eine Neigung zum Alkohol, vom Arzt als Alkoholismus bezeichnet, alles andere als schaden. Und wenn man mich fragt, auf was sich hier das Schaden bezieht, dann muß ich gestehen, daß ich mich bereits entschieden habe, entschieden für einen Adalbert S. Meier, mit dem – ob uns das paßt oder nicht – gerechnet werden muß.

Es nützt nun nichts mehr, zurückzublenden in eine Zeit, als der kleine Salomon-Adalbert auf den Boden stampfte, weil er seinen Eintritt in die Modellflugbaugruppe oder Modellbaufluggruppe durchsetzen wollte, erfolgreich – also später Laubsägeteile zusammenleimte, mit Seidenpapier überzog, mit Schellack bepinselte und spannte, später zur Segelfluggruppe überwechselte, auch mitflog im Zweisitzer, und vor allem als Aktuar dem Aeroclub jahrelang diente. Jedenfalls entwickelte er – von uns vorschnell zum Opportunisten erklärt – eine ausgesprochene Neigung zu Minderheiten. Er vertrat die Anliegen der Minderheit des Aeroclubs, der Minderheit der Kleingärtner bei der Umzonung in der Gemeinde, der handfesten und tapferen Minderheit der Jäger im Zusammenhang mit dem Umweltschutz selbstverständlich und im selben Zusammenhang die berechtigten Anliegen des Fischereivereins, deren Mitglieder zum größten Teil aus Arbeiterkreisen, nämlich aus Arbeitnehmerkreisen stammen.

Adalbert S. Meier war jedenfalls kein gelangweilter, kein sich langweilender Mensch, und er konnte mit Recht darauf hinweisen, daß er auch anderes zu tun hätte, wenn er sich nicht zur Verfügung stellte.

Aber er stellte sich zur Verfügung.

Der Autor – ich, sein Biograph – müht sich immer noch ab, ihm eine Geschichte zu erfinden, das heißt, ihm auszuhelfen mit der eigenen schäbigen Biographie, aber der Gang der Geschichte macht Geschichten bereits unnötig. Denn schon gibt's genug Leute, die ihn kannten, mit ihm zusammen waren, ihn auf der Jagd als besonders bescheidenen Menschen und als leutselig kennenlernten oder auch jene Geschichte gern erzählen, in der er als Modellflugbaugrüppler in die Hosen machte, weil er im Augenblick nun wirklich seinen Platz nicht verlassen konnte, weil es doch darum ging, zwei winzig kleine Teile zusammenzuhalten, bis der Leim zu greifen begann oder wie man das sagt.

Schmächtig jedenfalls können wir ihn nicht sein lassen. Denn dieses Erlebnis hätte einen Schmächtigen wohl aus der Bahn geworfen, oder von einem Schmächtigen würde es nicht erzählt. Jedenfalls ist anzunehmen, daß er sich geprügelt hat auf dem Pausenplatz, als einer ihn deshalb auslachte, und sicher ist damals der Lacher aus der Modellflugbaugruppe ausgeschlossen worden – eine erste Stufe für Adalbert, die er als solche noch gar nicht erkannte.

Das Wort Charisma lernte er später dazu, und er erwähnte es – allerdings erst auf einer angemessenen Stufe des Erfolgs – in einem Ton von Understatement, auch ein Wort, das er dazugelernt hatte.

Denn Adalbert lernte nichts, gar nichts – er lernte nur dazu.

Dem Leser muß nun wirklich auffallen, daß ich verzweifelt versuche, Adalbert zu denunzieren, alles zu unterschlagen, was zu seinen Gunsten sprechen könnte, einfach zu behaupten, er sei im Grunde genommen niemand, ein Niemand, ein Niemand.

Ich rufe Sie zu Zeugen auf, daß ich ihn erfunden habe, und

ich bitte Sie, mich nicht im Stich zu lassen. Sie waren dabei, sie waren von Anfang an dabei. Denn schon – noch wagt keiner von Ihnen, offen dazu zu stehen – halten ihn einige für wählbar. Noch hält die Mehrheit die Wahl für ausgeschlossen, es gibt Gründe genug, ihn nicht zu wählen. Ich glaube, die Gründe angeführt zu haben. Es ist fast sinnlos, davon zu sprechen. Wir alle wissen, daß er nicht wählbar ist. Er wird nicht gewählt werden.
Nur, er wird zum mindesten seinem Gegenkandidaten die Hand drücken, vor dem Fernsehen, vor der Presse, in mehrfacher Wiederholung für die Fotografen – er wird so oder so seinem Gegenkandidaten die Hand drücken. Und seine Tränen sind Tränen der Rührung, und er gleicht mir, der Präsident: ein einfacher Mann, dessen Eigenschaften meine Phantasie nicht übersteigen, dessen Biographie die meine ist, so wenig erfunden wie ich. Und ich – Mann ohne Eigenschaft wie er – bin sein Wähler, bin sein Bürger, bin seine Biographie.
Salomon-Adalbert Meier ist nicht mehr zu verhindern.

Eisenbahnfahren

Gespräche in Flugzeugen sind selten, doch stürzt man, wenn überhaupt, in Flugzeugen gemeinsam ab. Eisenbahnunglücke dagegen sind nicht unbedingt endgültig, was den Vorteil hat, daß man nicht der einzige Überlebende ist und andere auch erzählen können. Es ist vorstellbar, daß die Überlebenden die Beerdigung der anderen besuchen, aber wohl doch nur bei großen Unglücken, wenn die Zahl der Überlebenden kleiner ist als die der Toten, und nie fällt einem Wetter so sehr auf wie nach Beerdigungen. Wenn man aus der Kirche kommt, schneit es, oder es regnet, oder die Sonne scheint. Weshalb wird von den Versicherungen der Unfalltod besser honoriert als ein natürlicher Tod? Ich wettete mit meiner Versicherungsgesellschaft immer wieder, daß mein Flugzeug abstürzt, und ich habe die Wetten verloren. Wer denkt schon beim Ausrollen des Flugzeugs daran, daß er als Verlierer ausrollt?

Versicherungsgesellschaften, so stelle ich mir vor, fürchten sich nicht vor unserem Tod. Sie wissen noch besser als wir, daß wir sterben werden, und sie wissen auch ganz genau, wann wir das durchschnittlich tun. Sie rechnen nicht so wie wir mit uns, sondern mit uns allen. Das Risiko bleibt auf unserer Seite. Deshalb wette ich eigentlich nicht gegen die Versicherungsgesellschaft, sondern gegen mich, und Versicherungsgesellschaften warnen nicht vor dem Fliegen. Wenigstens das sollte uns zu denken geben, und ich habe Verständnis für jene, die im letzten Jahrhundert vor der Eisenbahn warnten. So ganz ins Unrecht gesetzt wurden sie nicht.

Da steigt also einer in den Zug. Er heißt Müller, ein einfacher Name, aber auch den kann man so betonen, daß man nicht einfach irgendein Müller ist, sondern eben Müller. Wenn wir schon dabei sind, dann können wir ihn ruhig Versicherungsvertreter sein lassen: ein Mann mit Aktentasche also, der auf dieser Strecke oft fährt, seine Akten ordnet und sich beim Warten auf dem Bahnsteig Gedanken machen kann – Gedanken über das Wesen der Versicherungen vielleicht, und schon sind es nicht mehr meine Gedanken. Müller steigt ein, ich bleibe hier, gehe zum Kiosk Zigaretten kaufen, gehe einen Kaffee trinken, gehe nach Hause.

Müller wird Zürich ohne mich erreichen. Es ist nicht nötig, daß ich mitfahre und ihn beobachte, aber wenn Müller schon nachdenkt beim Warten auf dem Bahnsteig, dann kann ich es auch tun auf meinem Weg nach Hause, und Müller wäre überrascht, wenn er Bescheid wüßte über die Dinge, die ihm heute geschehen, und wird nichts davon wissen, daß ich sie ihm ausdenke.

Wenn einer einsteigt, in den Zug gestiegen ist, dann wird er zu dem, der schon dasitzt und vor ihm eingestiegen ist, sagen: »Ist der Platz noch frei?« Er wird sich aber nicht vorstellen, wird vielleicht, bevor er gefragt hat, ob der Platz noch frei sei, gegrüßt, wird sich aber nicht vorgestellt haben. Vielleicht tut man das im Schlafwagen, wenn man sein Abteil gesucht und gefunden hat, die Tür öffnet, und da steht einer im Pyjama. Schlafwagen sind oft blau, oft steht darauf »Wagon-lit Cook« oder »Pullman-Car«, aber das ist lange her. Nur Kindern fallen Schlafwagen auf. Sie zeigen mit ihren Fingerchen darauf und wollen wissen, was das ist. Schlafwagen ist ein sehr schönes Wort. Vielleicht sind sie immer noch blau. Ohne jede persönliche Erfahrung mit Schlafwagenabteilen kommt einem als erstes doch die

Zahnbürste in den Sinn, daß also jener, der dasteht im Pyjama, eben dabei ist, seine Zahnbürste auszupacken, und in der Ecke auf dem Gang sitzt ein kleiner Buckliger mit blauer Mütze gebeugt über die Passagierliste und denkt daran, daß er Romane schreiben könnte. Aber er ist wenigstens abstinent, nichts von Schnapsfahne. Vielleicht denke ich eher an einen Abortwart in Deutschland, der freilich keine blaue Mütze mit schwarzem Schirm hätte wie mein kleiner Buckliger. Und schon fährt der Zug, schon hat man sich darauf geeinigt, wer das obere Bett benutzen wird, schon ist es nicht mehr so schlimm, daß doch noch ein Zweiter gekommen ist oder ein Erster schon da war, schon macht man die ersten Schritte auf dem Gang wie in einer Hotelhalle.
Müller will nur nach Zürich, eine Stunde zu fahren, Raucherabteil Zweiter Klasse. Er hat schon vor längerer Zeit gesagt »Ist der Platz noch frei?«, hat dabei die überaus großen Füße seines Nachbarn gesehen. Ich aber gehe nach Hause, ich trinke unterwegs einen Kaffee irgendwo, lese die Zeitung, schlage die Beine übereinander, und Müller wird feststellen, daß der Großfüßige nicht geschäftlich unterwegs ist. Seine Kleidung ist zu schäbig, alles ist ihm zu groß und hängt an ihm runter, wie wenn er in kurzer Zeit sehr viel Gewicht verloren oder sein Anzug vor vielen Jahren der Maßanzug eines Größeren gewesen wäre, der gepflegte und tadellos erhaltene Anzug eines anderen. Es gibt eine Form von Magerkeit, an der jede Kleidung hängt, weil man Kleidung schließlich tragen muß.
Das Wort Schwindsucht hat so etwas Sanftes.
Der Eingestiegene ist nun dabei, seinen Mantel aufzuhängen, ist dabei, sich hinzusetzen. Doch es werden andere zusteigen, in Olten zum Beispiel. Die Aufenthalte der Züge sind die riskanten Augenblicke, sie können die Reise beein-

trächtigen, weil eine Veränderung geschieht, die Neuen kommen, die Anfänger, die noch Ungereisten – und dies alles in sehr kurzer Zeit gedacht. Der Zug fährt immer noch an, hat seine Reisegeschwindigkeit noch nicht erreicht, noch kein Klopfen der Räder, und Müller steht noch oder ist schon etwas in die Hocke gegangen, hat seine Knie etwas durchgebogen, sich dabei aber noch nicht umgedreht, Gesicht immer noch in Richtung der Bank, Rücken in Richtung des Großfüßigen.

Sitzend – denn nun wollen wir den Zug endlich fahren lassen – fiel Müller jetzt auch das überaus lange Gesicht des anderen auf, dann der überaus lange Oberkörper, die überaus langen Beine, aber der Langfüßige, Langbeinige, Langköpfige machte keineswegs den Eindruck eines Großgewachsenen, weil er seine Schultern hängen ließ, was den Armen etwas unproportioniert Langes gab und den Oberkörper entsprechend klein erscheinen ließ.

Nun sitzt also Müller, und damit wollen wir es bewenden lassen, den Zug fahren, pünktlich ankommen und pünktlich weiterfahren lassen. Die Tatsache, daß Müller, Versicherungsvertreter, mit seiner Aktentasche nach Zürich fährt, ist unwichtig. Im übrigen sitze ich schon zu Hause und habe Müller vergessen.

Zudem schaut sich Müller, der – wie er selbst sagte – durch seine langjährige Tätigkeit zum Menschenkenner geworden ist, Menschen nicht lange an. Er hatte sich auch abgewöhnt, mit ihnen über Dinge zu sprechen, die ihm zufällig durch den Kopf gehen: nichts von Schlafwagen, nichts von Speisewagen. Es überraschte ihn aber dann doch, daß der Lange dem vorbeikommenden Kondukteur nicht mal seine Fahrkarte zeigte. Müller ärgerte sich sogar darüber, daß er nun seinerseits sein Abonnement zu zeigen hatte und dadurch dem Langen gegenüber in einen Nachteil kam, denn der Lange hatte schon sein Gewohnheitsrecht, war dem Kondukteur bereits bekannt, hätte die Möglichkeit gehabt, Müller als Neuling zu betrachten. Doch Müller tut nichts, was nicht so aussähe, als ob er es nicht schon immer getan hätte, und er fuhr nie, ohne den Eindruck zu erwecken, fahren zu müssen. Deshalb auch stets seine Erinnerung an Flugzeuge, wo man seine gelangweilte Geschäftigkeit noch wirkungsvoller darstellen kann.

Der Lange aber schaute ihn an. Er schaute ihn – was selbstverständlich ist und trotzdem auffällt – mit seinen Augen an, sehr lange Augen, deren untere Ränder langgezogene Dreiecke bildeten, Augen wie die eines Gehörlosen, wie die eines Mannes, der nie gelernt hat, zu fragen, nur zu antworten.

Und Müller warf ihm ein Wort zu.

Und der andere nickte.

Und Müller warf ihm wieder ein Wort zu.

Und der andere nickte.

Müller nimmt nun seinen Aktenkoffer auf die Knie, öffnet ihn, entnimmt ihm die Fragebogen, geht sie erst einmal durch und macht mit dem Stift kleine Zeichen auf die Ränder, schaut auf und schaut ins Leere, schaut dann den anderen an und sieht, daß jener den Blick auf seine Blätter gerichtet hat, keine Bewegung mehr macht, nur noch diese Blätter sieht, und Müller ärgert sich fast über das indiskrete Verhalten des anderen, aber der Blick des Langäugigen ist der Blick eines Analphabeten, der Blick eines Mannes, der nicht versteht, der jede Frage als Verhör empfindet und jede Antwort als das Bekenntnis einer Schuld, einer von jenen, die in der Schule mit ihren Antworten im Rechnen stets nur zu bekennen hatten, daß sie nicht rechnen können, vom

Lehrer zur falschen Antwort gedrängt und damit in die Schuld gesetzt.
Müller nimmt nun wieder ein Wort aus seinen Akten und wirft es dem anderen zu und stellt fest, daß jener schon nickt, bevor das Wort eigentlich geworfen ist, und er hält seine Wörter nun zurück, versucht sie in eine Lücke zwischen dem Nicken zu werfen, und wenn dem anderen zu dem Wort »Holz« auch keine der richtigen Antworten, nämlich Heimat, Natur, heimelig, natürlich, warm, Baum oder Waldsterben einfiel, so nickte er diesmal doch etwas sanfter und weniger ergeben, und Müller läßt die Antwort als halbrichtig gelten und macht einen entsprechenden Vermerk auf den Bogen. Dafür läßt er sich Zeit. Er trägt die Vermerke säuberlich ein und schaut nach jedem einzelnen Wort auf.
Und der andere wartet geduldig auf das nächste Wort und nickt nicht, wenn Müller nur aufschaut, ohne ein Wort zu werfen. Er nickt erst, als Müller »Treppe« sagt, und er nickt auch, als Müller »Leiter« sagt, und Müller sagt das ganz leise, denn es sind die ersten gesprochenen Wörter, die ersten, die zwischen den beiden fallen und nicht nur geworfen werden. »Unterschied?« sagt Müller, immer noch leise, aber doch schon im Tonfall eines Verhörs, und der andere zeichnet mit seinem langen Zeigefinger eine treppenartige Linie in die Luft, nimmt seinen Finger zurück, verharrt einige Zeit, um das eine Wort deutlich vom anderen zu trennen, streckt dann seine beiden Arme hoch und imitiert Kletterbewegungen wie auf einer Leiter. Müller schaut auch noch, als jener die Arme bereits zurückgenommen hat, wie wenn er nicht nur die Richtigkeit der Bewegungen, sondern auch die Qualität der Ausführung zu beurteilen hätte, sagt aber dann doch »Richtig« und legt das erste Blatt beiseite.

Kein »Guten Tag«.
Kein »Wohin reisen Sie?«
Keine Namen.
Und lange nichts, Pausen, wie es sie nur in Eisenbahnen gibt, wo sich jeder zum voraus auf eine Reisezeit eingestellt und eingelassen hat, denn die Kunst des Eisenbahnfahrens ist die Kunst des Wartens, und darin liegt der eigentliche Zeitgewinn, daß man Zürich nicht zu erreichen hat, sondern zu erwarten. So haben Eisenbahnen die eigenartige Eigenschaft, die Abstände zwischen Orten zu vergrößern, weil nicht das Gehen, sondern das Warten dazwischen liegt, also keine Distanz mehr, die die Orte verbindet, sondern nur noch eine Dauer. Deshalb auch wird in Zügen kaum gesprochen, deshalb wählt sich jeder nach Möglichkeit ein leeres Abteil, und deshalb hofft Müller auch, daß der andere in Olten vielleicht umzusteigen hätte, deshalb versuchte er, an dessen Bewegungen abzulesen, ob er in Olten umsteigen wird.
Und nur das war der Grund, daß er den anderen überhaupt beobachtete, wenn er von Zeit zu Zeit aufschaute von seinen Papieren, und nur das war der Grund, daß der andere seinen Blick auf die Papiere heftete und das Aufschauen als Fragen verstand.
»Sieben mal acht?«
»Liebe, Frauen, Mutter?«
»Was fällt Ihnen ein beim Wort ›Garantiestahl‹?«
Und der andere zieht mit seiner langen Hand einen Zettel aus der Tasche seiner langen Jacke – eine zu lange Jacke an einem zu langen Körper –, hält ihn zögernd in der Hand, läßt seinen Oberkörper ein wenig nach vorn fallen, als wolle er Müller den Zettel zustecken, als wolle er ihn nach einer Eisenbahnverbindung fragen, die ihm jemand aufgeschrieben hat, entfaltet dann den Zettel, bewegt die Lippen und

schreit plötzlich: »Hei!«, sitzt aber, als Müller eher tadelnd als erschreckt aufschaut, so da, als wäre er es nicht gewesen, und streicht den Zettel glatt und bewegt die Lippen, wie wenn er etwas vom Zettel lesen würde und immer noch die Aufforderung des Lehrers im Ohr hätte, laut und deutlich zu lesen und richtig zu betonen:

»Bereits fliegen die Bäume, die Masten, die Telefonstangen am Fenster vorbei, die Felder, die Bahnwärterhäuschen – Hei, was für ein munteres Treiben auf dem Bahnhof, da klappert und rappert es, da werden die Milchtansen in die Wagen geschleudert, da pfeift der Bahnhofvorstand, und da weinen die Kinder, da fahren die Elektrowagen, und die Leute springen zur Seite, da warten die Direktoren und rauchen Zigarren, da werden die Züge zusammengestellt, und da fahren die Wagen aufeinander los und machen: Päng, päng, päng.«

Und Müller erschrickt darüber, daß er nicht mehr erschrickt. Er schaut die Lippen an, die sich stumm bewegen, und er liest von ihnen einen Text, und er liest ein lautes Päng, Päng, Päng von den Lippen. Und er fragt sich, ob überhaupt etwas auf dem Zettel steht – aber das Päng ist ein buchstabiertes Päng, kein gesprochenes.

»Heißen Sie Victor?« sagt Müller.

»Hei, was für ein munteres Treiben im Speisewagen, hei, wie die Gläser klingen, hei, wie jedes Wort das andere ergibt, und ganz vorn steht der verantwortungsvolle Lokomotivführer und achtet auf die Signale und auf den Fahrplan und auf die Geschwindigkeit und auf die Sicherheit, und der Zugführer geht von Wagen zu Wagen, er trägt eine rote Tasche, der Kondukteur hat eine schwarze Tasche. Niemand beachtet die Nummer auf seiner Tasche. Es ist die Nummer 782.«

Victor ist ein guter Beobachter.
Und nachzutragen ist noch das Geräusch der Räder.
Wer nicht warten kann, der langweilt sich beim Eisenbahnfahren. Kreuzworträtsel verlängern die Fahrt, und Kinder stören beim Warten. Es ist streng davon abzuraten, in Eisenbahnen Romane zu lesen, hier hat man sich selbst einzufallen. Raucher sind gelangweiltere Menschen und Langeweile gewohnt, man ziehe deshalb Raucherabteile vor, und wenn kein leeres Abteil mehr zu finden ist, dann wähle man sich mit Vorteil einen Reisegefährten oder eine Gefährtin zum Anschauen und nicht zum Sprechen. Jedes Sprechen verfälscht das Erlebnis der Reiselänge.
Victor hatte seine Beine unter den Sitz gezwängt, nun rollte er sich in sich zusammen, griff mit seinen langen Händen unter die Bank und nestelte dort unter der Bank die Schuhe auf. Müllers Annahme, daß es sich um hohe Schuhe, um hohe und altmodische Schuhe handeln müsse, stellte sich als richtig heraus. Erst überraschte ihn die Richtigkeit seiner Vermutung, dann erinnerte er sich, daß er die Schuhe schon kurz nach dem Einsteigen gesehen haben mußte. Sie waren ihm da aber nicht als große Schuhe, sondern als große Füße aufgefallen.
Nun versuchte es Müller doch mit einem freundlichen Wort: »So ist es wirklich bequemer.« Aber Victor blieb stumm, schaute ins Leere, und die Schuhe standen vereinsamt da, Schuhe, die oft geputzt wurden und ebenso oft sehr schmutzig waren, Schuhe, die so geputzt waren, als hätte nicht er selbst, sondern jemand anderer sie geputzt, als hätte jemand gesagt: »Victor, Schuhe putzen!«, damit aber nicht gemeint, daß er sie putzen, sondern daß er sie zum Putzen hergeben solle.
Selbstverständlich handgestrickte Socken, selbstverständ-

lich militärgrüne, und eine Neigung zu Senkfuß, wie überhaupt eine Neigung auch zur Triefäugigkeit, eine Neigung zu Gutherzigkeit, zur Demut, zum Antworten, eine Neigung zur Debilität, eine Neigung zum Asthmatiker, zu Süßigkeiten.
Es war zu erwarten, daß sich Müller ärgert. Er hat anderes zu tun, andere Sorgen – andere Wünsche auch. Verheiratet, verdammt, Müller ist verheiratet, und morgen abend ist Elternabend in der Schule, und Müller hat nicht die geringste Lust, seine Zeit in langweiligen Geschichten zu verbringen. Er hat sich das nicht ausgewählt. Mag ein armer Kerl sein, der Victor. Vielleicht ist er glücklich, der Victor. Die Freude am Umgang mit Menschen. Müller ist Feldweibel. Und Müller hat Akten auf seinen Knien, Dokumente, Originale, doch er befindet sich, und dagegen kann er gar nichts tun, in einer langweiligen Geschichte.
Ganz nebenbei, wir mögen Müller nicht: zu spät.
Denn Victor sitzt noch da und ärgert sich nicht, sitzt in derselben Geschichte, aber nicht in einer, die langweilig wäre.
Und Müller beginnt sich zu wehren, arbeitet in seinen Papieren, versucht die Langeweile mit Bedeutung, mit der Darstellung von Bedeutendem in den Griff zu bekommen. Wie Leute mit Aktentaschen hatte er seine Aktentasche als Schreibunterlage auf den Knien und nach wie vor seinen Kugelschreiber in der rechten Hand, und er entschied sich nun, nicht weiter zu versuchen, seine Fragen zu artikulieren, sondern auch seinerseits die Fragen stumm mit den Lippen zu bilden. Er legte also vorerst für längere Zeit den Zeigefinger auf die Lippen, um Victor darauf aufmerksam zu machen, daß er sich auf seine Lippen zu konzentrieren habe. Victor aber schaute ihn ohnehin schon die ganze Zeit an,

und es ist schwer, einen ohnehin schon Herschauenden dazu zu bewegen, herzuschauen.
Wäre Victor das Opfer, er wäre nicht zufällig hier, und Müller benutzt diesen Zug beruflich, aber Victor saß da, als ob auch ihm das Abfahren dieser Strecke zur Gewohnheit oder gar zur Pflicht geworden wäre. Er machte nicht den Eindruck, daß er ohne diese Gewohnheit fähig gewesen wäre, einen Zug überhaupt zu benutzen. Jemand mußte es ihm also erklärt oder gar mit ihm eingeübt haben. Dafür aber brauchte es einen Anlaß, eine Notwendigkeit. In diesem Zusammenhang fiel Müller auch auf, daß Victor sanftmütig ist, nicht zum Fenster hinausschaut, nicht spricht, nicht lächelt und also sich schämt, die Schuhe ausgezogen zu haben.
»Victor, keine festen Gegenstände aus dem Fenster werfen!«
»Victor, nicht in den Wagen spucken!«
»Victor, nicht hinauslehnen!«
»Victor, do not cross the lines!«
Victor fährt allein, die Regeln des Fahrens sind Regeln für Victor. Weil alle Regeln Regeln für Victor sind, ist Victor allein.
Und auf Müllers Knien lag immer noch das zweite Frageblatt mit den Fragen zur Person.
»Ergreift Sie ab und zu die Lust, die Geleise trotz des entsprechenden Verbotes zu überschreiten? Ergreift Sie ab und zu die Lust, sich vor einen Musikautomaten zu stellen und mitzudirigieren? Wenn ja, tun Sie es oder lassen Sie es sein? Wenn nein, pflegen Sie in solche Automaten überhaupt Geld einzuwerfen und Musik zu drücken? Wenn ja, macht es Ihnen Mühe, von Ihrem Platz an den Leuten vorbei bis zum Automaten zu gehen, macht es Ihnen Mühe, Ihre Aus-

wahl an Musikstücken vor Ihren Mitgästen zu verantworten, benützen Sie den Automaten auch nüchtern oder nur unter Alkoholeinfluß?«

»Hei, wie der Mann vor der Musikbox sich dreht, wie er tanzt und springt, wie er hüpft und summt, wie er seine schwarze Melone vom Kopf nimmt, wie er mit den Händen zur Musik schlenkert, und der Kasten macht päng, päng, päng.«

Müller schaute auf, aber Victor saß da wie vorher, in seine Ecke hineingeschmiegt und starr zugleich, den Blick müde auf Müller gerichtet, seine lange Hand unter seiner langen Jacke. Müller vermutete dort den Zettel. Er hätte doch Victor darauf aufmerksam machen sollen, daß er unvorbereitet, unbeeinflußt und ohne zu zögern zu antworten habe. Aber Victor gehört zu jenen, die vorbereitet sind: vorbereitet aufs Eisenbahnfahren, vorbereitet aufs Lesen, vorbereitet auf die Benutzung von Freundlichkeiten, auf den Abend und auf den Morgen. Die Vorbereitung macht die Debilen so sanft, sie sind nicht Wissende, sondern Lernende, angelernt von sanften Menschen. Und Victor bewegte seine Lippen erneut, und Müller glaubte das Wort »Huumor« entziffern zu können, mit einem langen U wie Huumus, ein langes U aus einem langen Mund eines langen Menschen, dessen lange Hände aus einer langen Jacke fließen.

Victor drängte ihn mit diesem einen Wort in die Rolle des Spielverderbers, Müller konnte sich nur mit einem Satz retten. Er ließ zwei drei Sätze durch seinen Kopf gehen und entschied sich für »Hei, wie die Räder trommeln«. Aber er kriegte nichts los damit, und der Satz hing im Abteil, wiederholte sich dauernd, nährte sich am Geklopfe der Räder. Und dann machte Victor mit seinem langen Finger kaum

merkliche, kleine runde Bewegungen, wie wenn er damit den Satz immer wieder neu antreiben wollte.
Müller nahm die Brille vom Kopf. Hochdeutsche Sätze gehn weg, wenn man sie nicht mehr sieht. Aber Victor beharrt antreibend auf dem Satz. Müller reibt sich die Augen mit seinen Fingerknöcheln, macht nutzlose Anstalten zu gähnen. Und wenn es mir Spaß machen würde, das Anstecken einer Zigarette zu beschreiben, dann könnte er sich nun eine Zigarette anstecken.
Ich habe ihn mit Victor in ein Raucherabteil gesetzt. Es gibt auch Nichtraucher, die sich in Raucherabteile setzen, die sich vor den Kranken fürchten, die in Nichtraucherabteilen sitzen. Erst seit es Eisenbahnen gibt, gibt es Nichtraucher. Wenn Victor rauchen sollte, dann raucht er Stumpen, die Ausbuchtungen seiner Jackentaschen ließen auf Raucherutensilien schließen. Das Wort Utensilien mag Victor bekannt sein, und er hatte – wenn er auch krank schien – das Gesicht eines Mannes, dem sein Arbeitgeber, zum Beispiel ein Bauer, zu Weihnachten eine Schachtel Stumpen schenkt. Victor wird sich mit einem flüchtigen Lächeln bedankt haben, einem mißlungenen Lächeln, das so aussah, als hätte er zu wenig Gelegenheit, es zu üben. Und ein Lächeln jetzt, als ihm das Wort Utensilien einfiel.
Und das Geräusch der Brücke unter den Rädern, als wäre der Zug dabei, seine Räder zu verlassen, als hätte er sie endlich unter sich gelassen, und dann der Turm, das Schwimmbad im Oktober, die alte Holzbrücke. Der Zug fuhr in Olten ein, die Einsteigenden, die Aussteigenden. Victor stand auf, riß das Fenster herunter, hängte seinen langen Oberkörper durch das Fenster, drehte sich ins Abteil um und sagte: »Hier«, drehte sich wieder, schloß die Fenster, drehte sich wieder, setzte sich und sah nun so aus,

als wäre dieser kurze Blick aus dem Fenster auf den Bahnsteig des Oltner Bahnhofs der Zweck seiner Reise gewesen. Dann schlüpfte er hastig in seine Schuhe und band sie umständlich mit langen Schnüren, die er oben neu einzufädeln hatte. Das sah so aus, als würde er seine Füße in ein Etui tun, und machte auch den Eindruck, daß er nun doch noch auszusteigen hätte. Aber er ging nur wieder zum Fenster und wiederholte die Szene haargenau, wie wenn sie vorher mißlungen wäre, weil er sie ohne Schuhe gespielt hatte. Und bevor Müller dazukam, zu sagen: »Würden Sie bitte das Fenster schließen!«, hatte er es bereits getan und saß wieder in seiner Ecke.

Es wäre immerhin, dachte nun Müller, eine Chance gewesen, ihm zu entrinnen, sich zu distanzieren von ihm, das Gespräch durch Gesprochenes abzubrechen. Und schon öffnete Victor seinen Mund und sagte: »Hier ... hier ...«

Müller versuchte, es zu überhören, es zu übersehen. Er begann in seinen Papieren zu wühlen, mit beiden Händen, den Kugelschreiber zwischen den Lippen, aber Victor wurde laut. Und es waren auch andere Leute im Abteil, und es wurde sein Victor, und Müller schaute auf, nur um ihn zu beschwichtigen, und Victor nickte, machte ihn mit Nicken darauf aufmerksam, daß er, Müller, zu nicken habe, und Müller nickte. Aber dann fiel ihm auf, daß Victor vor ihm genickt hatte und daß jener vielleicht genickt hatte, weil er, Müller, »Hier, hier« gesagt hatte. Und nun lächelte Müller, bat lächelnd und wortlos um Verständnis, denn hier war er, Müller, geboren: »Hier bin ich aufgewachsen, die Alte Brücke, der Turm, der Ildefonsturm, der Born, das Säli und ein Bahnhof, und kurz nach dem Krieg ging man zum Bahnhof und zählte die Wagen der Güterzüge, und es gab solche, die weit über hundert hatten ...«

Victor ist eingeschlafen. Der Zug ist wieder in Bewegung, wieder der Kondukteur, wieder die Landschaft, die wieder vorbeifliegt, immer dieselbe.
Und »Gösgen!« ruft einer.
Und Victor ist eingeschlafen.
Wie kriegt man Victor wach? Was tut man eigentlich mit einem Toten? Aber Victor atmet. Und beide sind nicht allein im Zug, da sind noch andere und ihre Stimmen, die Stimme eines kleinen Mädchens, die sagt: »Mein Freund heißt Ferdinand und besitzt einen Gabelstapler.« Und Victor ist eingeschlafen, und Lebensrettung hat jedenfalls etwas mit Schwimmen zu tun, als ob wir in Booten leben würden. Im Wasser hätte er eine bessere Überlebenschance. Aber Victor kann nicht schwimmen. Wie kommt Victor ins Wasser? Wie kommen wir aus diesem Zug? Atmet Victor? Ruft man als erstes einen Arzt, und wie macht man das mit Beerdigung und Pfarrer? Aber Victor atmet. Mein Freund heißt Ferdinand und besitzt einen Gabelstapler. Jeder Schwimmer ein Rettungsschwimmer. Ob Victor wohl Ausweispapiere auf sich trägt, ob er einen Paß besitzt, eine Brieftasche? Hier wäre es noch zu machen, Kondukteur rufen, der würde den Zugführer holen, der würde wohl den nächsten Bahnhof verständigen.
Müller begann zu wünschen, daß Victor nicht stirbt, jetzt nicht stirbt oder überhaupt nicht stirbt. Er wird jedenfalls kurz vor Zürich den Langen an der Schulter sanft berühren, wird sagen: »Entschuldigung, wir sind bald in Zürich.« Er wünschte sich, daß Victor vorher erwache, er wünschte sich, mit Victor nichts zu tun zu bekommen. Müller schlief im Zug nie. Er fürchtete sich davor, daß ihm im Schlaf der Unterkiefer auf die Brust fallen könnte. Er fürchtete sich überhaupt vor einem sanften Tod. Vor zwei Wochen ist der

Zug hier – zehn Minuten vor Zürich – fast eine Stunde lang stehengeblieben. Nur das jetzt nicht.
Victor schläft, und er beobachtet Müller schlafend, der kranke Victor, der dumme, der ungebildete, der arme, der debile Victor. Wenn Victor noch lange hier sitzt, dann kriege ich ihn nicht mehr los. Still wegschleichen, einen anderen Platz suchen, aber Victor wird erwachen und Müller mit seinen langen Augen nachschauen.
Und nur noch zehn Minuten bis Zürich.
Jetzt schon die ersten Schrebergärten, ein Mann, der an seiner Hacke steht und dem Zug nachschaut, ein Postbeamter vielleicht mit Nachtschicht, einer, der sich schon jetzt darauf freut, seine Zwiebeln zu Zöpfen flechten zu können, so wie es der Vater in Olten tat. Das ist schon vierzig Jahre her, damals war noch nichts vierzig Jahre her. Müller begann sich zu räuspern, zu husten, mit seinen Papieren zu rascheln. Dann begann er, still zu sein, entschlossen, in Zürich einfach wegzuschleichen und Victor sitzen zu lassen. Denn Victor scheint diese Strecke zu kennen, nur diese, und Leute, die täglich dieselbe Strecke fahren, verschlafen ihr Ziel nicht. Kurz vor Zürich wird ohnehin der Kondukteur kommen, wird rufen: »Zürich, alles aussteigen!«, wird vielleicht seine Hand auf die Schulter des Schlafenden legen. Victor wird erwachen, wird ein wenig lächeln, wird aussteigen, wird auf seinen großen Füßen über den Bahnsteig gehen, wird nicht auffallen.
Müller steht da, schaut ihm nach. Victor geht auf die andere Seite des Bahnsteigs und steigt in den Zug, der auf derselben Strecke zurückfährt: wieder Olten, wieder Solothurn, wieder Biel.
Vielleicht wird sich Victor auf dem Bahnsteig noch einmal umdrehen, wird vielleicht in der Menge Müller suchen, sei-

nen rechten Arm leicht heben, damit er winken könnte, wenn er ihn sähe.
Müller wechselt seine Aktentasche von der einen Hand in die andere. Müller wird kurz stehenbleiben und die Aktentasche von der einen Hand in die andere wechseln.

Robinson

Als er erwachte, zwitscherten die Vögel.
Am Abend war er früh zu Bett gegangen, eigentlich nicht, weil er müde war, aber er war müde genug, um einschlafen zu können, das genügt, und als er erwachte, war es neun Uhr, und um neun Uhr ist sonst das Zwitschern vorbei, das fiel ihm auf. Später fragte er sich, ob das Zwitschern im allgemeinen wirklich mit der frühen Morgenstunde zu tun habe, ob es sich also so verhalte, daß die Vögel das Zwitschern aufgeben, wenn der Lärm der Autos einsetzt, oder ob man die Vögel nur wegen des Lärms nicht mehr hört. Nach Tagen nahm er sogar den Großen Brehm, um etwas darüber zu erfahren. Er las darin alles über Vögel, aber über das Verhältnis von Autolärm und Zwitschern stand nichts drin, und es war zu spät, die Frage durch Beobachtung zu lösen. Man konnte ihr Tage später nur noch mit der Erinnerung auf die Spur kommen, das hatte seine Gründe.
Als er erwachte, war es neun Uhr, und sein erster Gedanke galt den Vögeln.
Später, Tage später, überraschte ihn, daß er damals nicht daran dachte, daß er um acht Uhr im Büro zu sein hatte, daß er sich verschlafen hatte. Es überraschte ihn erst, als nicht mehr daran zu denken war, täglich um halb acht im Büro zu sein. Unter normalen Umständen hätte er sich damals, dachte er später, an die Stirn gegriffen, hätte seiner Frau aufgetragen, das Büro zu verständigen, den Hausarzt zu rufen, damit seine Absenz mit einem Zeugnis belegt werden könnte. Er erinnerte sich auch daran, daß er, bevor er auf den Knopf des Radios drückte, wußte, daß kein Radio mehr

spielen würde. Und als er den Knopf runterdrückte, erwartete er nichts anderes als ein Störgeräusch oder absolute Stille – nicht etwa die Stille eines defekten Radios, sondern Stille, die dadurch entsteht, daß nichts anderes als Stille gesendet wird, und nicht etwa dadurch, daß überhaupt nichts geschieht, aber als er auf den Knopf drückte, kam etwas für Flöte und Streicher in der Art Mozarts.

An diese Sendungen gewöhnte er sich. Auch Tage später wurde noch gesendet, und auf das Radio verzichtete er auch später nicht. Es lief weiter, ohne auf seine Umstände Rücksicht zu nehmen, ohne seine Umstände zu beachten. Doch hatte er von allem den Eindruck, daß es nicht mehr funktionieren könne. Den Briefkasten vergaß er zwar, und als er ihm wieder einfiel, verzichtete er auf ihn, aber das Telefon funktionierte, das Licht, das Gas, die Heizung.

Er nahm sein Radio und trug es durch die Wohnung, immer noch Mozarts Flöte. Er hatte die Gewohnheit, sich ins Wohnzimmer zu setzen, eine Zigarette zu rauchen, das Radio laufen zu lassen, dann auf die Toilette zu gehen, dann sich anzuziehen. In der Regel geschah das um sieben herum, und die Vögel zwitscherten. Jetzt war es neun. Um zehn Uhr wird er die Nachrichten verpassen, so wie er sie immer um sieben Uhr verpaßt hatte, bei laufendem Radio, denn bevor er überhaupt feststellte, daß sich Wesentliches verändert hatte, wußte er schon, daß daneben alles ähnlich bleiben wird. Er wußte, daß das Funktionieren des Radios nicht eine Ausnahme war.

Später, als er ein Interesse bekam, die Situation protokollarisch festzuhalten, bedauerte er, daß er an diesem Morgen nicht gleich in die Zimmer seiner Frau und seiner Kinder gegangen war, inzwischen waren sie weg. Er glaubte sich zwar daran zu erinnern, daß sie am Vorabend des ersten Tages in die Ferien gegangen waren, er erinnerte sich an eine Adresse, aber inzwischen geschah so vieles, auf das er sich nicht verlassen konnte, daß er bedauerte, nicht gleich am ersten Tag Notizen gemacht zu haben über all das, was gesichert war. Er wäre froh gewesen, jetzt einen Zettel zu haben mit dem Vermerk: »23. April, Frau und Kinder in den Ferien.« Jedenfalls besteht die Möglichkeit, daß der Hund anfänglich noch da gewesen war, also Vermerk: »23. April, Hund noch da.« Oder besser: »3. Mai, Hund in der Zeit zwischen 20 Uhr (2. Mai) und 9 Uhr 30 (3. Mai) verschwunden.«

Nachdem es diese Vermerke nicht gab, war es auch ohne weiteres möglich, daß der Hund schon von Anfang an nicht da gewesen war. Auch wäre inzwischen von einer gewissen Wichtigkeit gewesen, zu erfahren, ob die folgende Handlung geschah, als er es erst ahnte oder als er es bereits wußte.

Er stand auf – vom Sessel im Wohnzimmer – nahm das Radio mit sich, schloß die Tür mit dem Schlüssel ab, zog dann den Schlüssel aus dem Schloß, um der Handlung etwas Endgültiges zu geben, entschied sich aber doch wieder, den Schlüssel ins Schloß zurückzustecken, um ein Öffnen von außen zu verhindern. Dann schloß er die Fenster. Er erinnerte sich auch, daß ihm in jenem Augenblick auffiel, daß er die Tür, die die ganze Nacht unverschlossen war, am Morgen schloß. Er erinnerte sich, daran gedacht zu haben, daß er sie ab jetzt, da er sie morgens schloß, abends hätte öffnen können.

Und auch um elf Uhr zwitscherten die Vögel.

Er wußte jetzt, daß sie bis Sonnenuntergang zwitschern werden. Eine Bestätigung im Großen Brehm, daß sie das immer tun und daß man es in der Regel nur nicht hört, hätte

jetzt noch geholfen, noch einmal wäre wenigstens alles so gewesen, wie es war, hätte ihn veranlaßt, den Hausarzt doch noch zu rufen, aber der Große Brehm fiel ihm erst später ein, und zwei Stunden sind eine lange Zeit, und es gibt keine zweistündigen Ausnahmen. Zwischen zehn und elf fuhr zwar ein Auto vorbei, das heißt, er sah zwischen zehn und elf ein Auto vorbeifahren, denn wirklich vorbeigefahren waren in dieser Zeit mehrere, und wenn er auch anfänglich versuchte, sich etwas vorzustellen und die Autos zu übersehen, sie nicht zu sehen, so muß doch gesagt werden, daß ihm spätestens gegen Abend das Verleugnen der Autos nicht mehr gelingen konnte.
»Als ich um neun ans Fenster trat, war die Straße leer: kein Mensch, kein Auto, kein Geräusch, nur das Zwitschern. Ich stellte mir vor, ohne darauf zu achten, daß ich mich verschlafen hatte – und daß ich darauf nicht achtete, ist mir Beweis genug –, ich stellte mir vor, übriggeblieben zu sein. Ich mußte, nachdem ich gestern sehr früh zu Bett gegangen war – schon vor sieben Uhr –, etwas verschlafen haben, was die anderen, die jetzt fehlten, im Wachen erreicht hatte. Ich stellte das Radio an, und es lief.«
Die Stimmen im Radio waren ihm bekannt, gestern noch hatten sie Namen, aber sie waren ihm nicht Garantie genug, kein Beweis, sie halfen nicht. Zwischen zwölf und eins nahm der Autoverkehr ab.
»Zwitschern der Vögel.«
Er nahm sich vor, jetzt genau darauf zu achten, was mit dem Zwitschern geschieht, wenn nach Mittag der Autoverkehr wieder zunimmt.
Aber immer noch keine Fußgänger.
»Ich hätte nie auf Leute geschossen.«
Nachdem er zum dritten Mal jemanden angerufen hatte,

das Telefon lange läuten ließ, zum dritten Mal innerhalb der vier Stunden, begann er, sein ganzes Adreßbuch durchzutelefonieren, und er hoffte, keine Antwort zu hören. Denn wenn er anfangs nur telefonierte, um sich davon zu überzeugen, daß die andern noch da seien: jetzt telefonierte er, um sich davon zu überzeugen, daß sie nicht mehr da waren, denn in diesen Autos saßen Leute, und sie saßen nicht steif wie in Träumen.

»Aber auch jetzt, um ein Uhr, immer noch keine Fußgänger.«

Und seine Freunde, die Stimmen seiner Freunde, meldeten sich, und er sprach mit ihnen, gab sich Mühe, die Stimmen nicht zu erschrecken. Er war jetzt ganz ruhig.

»5. Mai, jedenfalls ist es mir fremd, auf Menschen zu schießen, und vor meinem Fenster liegen keine Verletzten.«

Das Zwitschern der Vögel war immer noch nicht unangenehm, und er hatte sich auch daran gewöhnt, daß innerhalb seiner Wohnung das Leben ablief.

Abends war alles vorbei. Er verließ das Fenster, er setzte sich jetzt wieder vor das Fernsehen, er ging früh zu Bett und stand regelmäßig um neun auf. Vor Tagen hatte er einmal die Wohnungstür verbarrikadiert, mit dem Schrank, abends entfernte er ihn. Abends war ihm auch immer klar, daß er tagsüber Fußgänger gesehen haben mußte, abends war es ihm unverständlich, wie das Gewehr neben das Fenster gekommen war. Abends räumte er es weg, abends nahm er sich vor, um sieben aufzustehen und ins Büro zu gehen. Es gab abends nur einen Grund, das Haus nicht zu verlassen: er war am Morgen nicht zur Arbeit gegangen und hätte von einem Vorgesetzten entdeckt werden können. Es hätte auch ohne weiteres die Möglichkeit bestanden, daß er am 22. April seinen Urlaub angetreten hätte, aber aus jener Zeit

fehlten ihm die Notizen. Vermerk: »22. April, Urlaub angetreten.«
Morgens stand er am Fenster. Er suchte Fußgänger: Fußgänger, von denen er abends annahm, sie gesehen zu haben. Schon bückte er sich, wenn es dunkel wurde, nach seinem Gewehr, um es wegzuräumen, und erschrak trotzdem, wenn es da war, weil er nicht wußte, wie es ans Fenster gekommen war. Zwei Gewohnheiten spielten sich unabhängig voneinander ein, die des Tages und die der Nacht, aber nicht so, daß die eine unbewußter als die andere gewesen wäre. Die erste Handlung des Abends war die, das Gewehr wegzuräumen, die erste des Tages, es zu holen. Tagsüber glaubte er auch, sich daran zu erinnern, daß er all das am Vorabend beschlossen hatte, glaubte sich zu erinnern, daß er das Gewehr schon am Vorabend geladen hatte; abends erinnerte er sich an Fußgänger, die tagsüber fehlten, auf die er hoffte. Immer noch hätte er die Möglichkeit gehabt, auf die Straße zu gehen, sich vor ein Auto zu stellen, den Fahrer zu zwingen, Fußgänger zu sein, auszusteigen, ihn anzusprechen, unfreundlich anzusprechen.
»5. Mai, ich muß das Gewehr genommen haben, ich muß auf die Leute geschossen haben.«
Abends läßt sich der Tag überblicken, läßt sich die Munition nachzählen. Tagsüber gab es keine Fußgänger, tagsüber gab es die Fußgänger nicht, von denen man abends wußte, daß sie unterwegs gewesen sein mußten. Und abends gab es keinen Grund zur Verzweiflung. Der Große Brehm stand längst wieder im Regal. »Heute regnete es, keine Fußgänger, auch keine Vögel heute.« Er verließ jetzt das Fenster auch tagsüber.
Wäre er ganz sicher gewesen, daß das Gewehr funktioniert, er hätte nicht geschossen. »Es machte mir auch, daran erin-

nere ich mich, keinen Spaß. Jedenfalls ist es mir fremd, auf Leute zu schießen. Ich war aber doch überrascht, daß es mir keinen Spaß macht. Am 5. Mai kamen die Fußgänger. Ich erinnere mich nicht mehr daran, daß sie sich hinlegten. Ich versuche mir vorzustellen, wie sich ein Angeschossener hinlegt, aber ich erinnere mich nicht, sie legten sich nicht hin. Jetzt auch keine Autos mehr. Ich versuche, mir die Sirenen der Polizei vorzustellen. Nach den Schüssen habe ich die Tür aufgeschlossen und mich hingesetzt, ich warte seit drei Stunden. Alle Vögel erwachen früh aus dem kurzen Schlafe der Nacht, die meisten sind rege, noch ehe das Morgenrot den Himmel säumt. In den Ländern jenseits des Polarkreises machen sie während des Hochsonnenstandes zwischen den Stunden des Tages und denen der Nacht kaum einen Unterschied. Ich habe den Kuckuck noch in der zwölften Abendstunde und in der ersten Morgenstunde wieder rufen hören. Wer bei uns im Hochsommer früh in den Wald geht, vernimmt schon mit dem ersten Grauen der Dämmerung die Stimmen der Vögel und dieselben ebenso noch nach Sonnenuntergang. Eine kurze Zeit der Nacht, einige Minuten dann und wann übertags scheinen ihnen zum Schlafen zu genügen.«
Letzter Vermerk: »5. Mai, ich warte seit Stunden.«

Warten in Baden-Baden

Von Vilbel sei er gekommen, er habe dort jahrelang gewohnt, ein Industrieller aus der Schweiz, ein reicher Mann, und die Trinker in der Oberpforte ließen sich von ihm eine Runde bezahlen. Nicht daß er der einzige gewesen wäre, der hier ab und zu Runden bezahlte, und auch keineswegs der Großzügigste, aber die Art, wie er seine Brieftasche zog, in der die Noten lose lagen, ließ auf einen Reichen schließen, und die Trinker waren geschmeichelt, ihr Bier von einem Reichen bezahlt zu bekommen. In einer Villa habe er dort gelebt. Doch keiner war bereit, sich das irgendwie vorzustellen, als Bild oder auch nur als Situation vorzustellen. Bad Vilbel lag zu nah, in einer halben Stunde zu Fuß zu erreichen, und Bad Vilbel war viel zu klein, als daß man sich die Villa dort geortet vorstellen durfte. Auch fiel keinem ein, sich vorzustellen, ob er dort mit Frau oder mit Diener oder mit Mercedes gelebt habe. Es war jetzt endlich einer hier von weit her, und solange er weder Herkunft noch Beruf, weder Familie noch ein Einkommen hatte, war er ein Fremder, und die Trinker in der Oberpforte waren interessiert daran, einen Fremden hier zu haben. Zwar gab jeder irgendwie zu verstehen, daß er mehr wisse und es nicht sage, aber als später einmal einer sagte, er sei in Vilbel gewesen und habe sich erkundigt, da wollte ihm keiner zuhören, denn Vilbel lag ja nun wirklich nicht weit weg, und jeder andere hier kannte Vilbel auch, hätte auch hingehen und sich erkundigen können.

Daß er hier ankam, vor ein paar Tagen, die Tür der kleinen Stehkneipe mühsam mit dem Rücken aufstieß und einen schweren Koffer mitten in den Gang stellte, wieder rausging und anderes Gepäck holte und grüßte oder nicht grüßte, daß er hier in der Oberpforte eintraf, sozusagen hier den Boden des Dorfs betrat, machte ihn zum Besitz der Oberpforte. Sie hatten ihn entdeckt, sie hatten ihn als erste gesehen, und wo er sich von nun an auch bewegte, er gehörte denen hier mehr als den anderen.

Der Wirt, der auch mal in der Welt gewesen war und ab und zu auf seine Umgangsformen aufmerksam machte, und der beim Eintreten des besseren Herrn gleich seine schäbige Kneipe aufgewertet sah und sich wieder als Wiener Oberkellner empfand, legte nun, was er sonst nie tat, seinen linken Arm auf den Rücken, drückte ihn ins Kreuz – mit seinem Bauch, von dem über dem Gürtel ein Dreieck sichtbar war, sah es nicht so aus, wie er sich das vorgestellt haben mag –, kam hinter dem Tresen hervor und begann seine Rede mit »Mein Herr«, ein Hinweis darauf, daß sie zwar beide von gleicher Art seien, der Herr aber sich wohl in der Tür geirrt habe und daß das Hotel, das er vielleicht suche, nebenan sei.

Da sei niemand, und die Tür sei verschlossen, und ob er vielleicht sein Gepäck und vielleicht einen weißen Martini, und ob man vielleicht wisse, ob da überhaupt jemand sei und wann man da vielleicht reinkomme, und angemeldet sei er auch.

Die Würfler hatten ihr Spiel an der Theke unterbrochen, und als einer den Wirt aufforderte, das Spiel doch endlich fortzusetzen, er sei an der Reihe, da mußte er weder vom Wirt noch von den Mitspielern zurechtgewiesen werden. Seine Aufforderung blieb im Rauch der Kneipe hängen und unterstrich die Stille, die die gewählten Worte des Wirts umgab – stell ich mir vor, denn diesen Teil der Geschichte hab ich nicht miterlebt. Doch kann man sich das leicht vorstellen, wenn man die Oberpforte und den Wirt oder andere Lokale und andere Wirte kennt, leicht vorstellen auch, daß der Fremde sich nicht bewegte wie einer, der solche Wirte kennt, was dem Wirt wiederum das Gefühl gab, ein anderer Wirt zu sein.

Angemeldet im Hotel war der Fremde nicht, aber Zimmer waren noch frei. Man hatte Django rübergeschickt, und er brüllte nun von der Straße zu meinem Zimmer hinauf. Es war immer Django, den man schickte, den Pferdeknecht vom Reithof und Mitglied des örtlichen Westernvereins.

Aber lassen wir mich vorläufig aus dem Spiel. Ich werde zwar noch zu erklären haben, wie ich hierhergekommen bin. So leicht wird das nicht sein. Warum sind Sie hier, warum waren Sie hier? Ich stelle mir immer wieder vor, so etwas von der Polizei gefragt zu werden, und die Frage ist gefährlich, weil jede Antwort – ich weiß nicht weshalb – trotzig erscheint. Man kann sich schon mit einem »Einfach so« die Sympathie des Fragers verscherzen.

Es war also Django, der mich brüllend in diese Geschichte hineinholte. Ich stand auf, griff zu meinen Hosen, überlegte mir, ob Unterhosen nötig seien für den kurzen Gang, überlegte mir bei jedem Kleidungsstück, ob es denn nun nötig sei, verzichtete doch auf die trotzige Absicht, barfuß zu öffnen, zog auch die schwarze Kellnerweste übers weiße Hemd, verzichtete auf die Fliege, öffnete inzwischen zweimal die Tür und rief die Treppe hinunter: »Ich komme!«, ging endlich und drehte unten den Schlüssel.

Von da weg kenne ich die Geschichte, und das macht es keineswegs leichter, sie zu erzählen. Es gibt Leute, die die Art haben, einem ins Leben zu treten, und es ärgerte mich auch

sehr, als schon bald in der Oberpforte gefragt wurde, ob wir verwandt seien, Brüder etwa oder Cousins.
Der Ärger der Schweizer, die im Ausland andere Schweizer treffen, heißt Eifersucht. Der Reiz des Fremdseins wird gemindert durch einen weiteren Fremden, durch einen weiteren Schweizer. War ich bis anhin in der Kneipe der Schweizer, so waren wir jetzt die Schweizer. Mich ärgerte sein Bemühen, Hochdeutsch zu sprechen, diese zwar nicht akzentlose, aber akzentfreie Nachahmung, mich ärgerte seine Haltung, die die Haltung war von einem, der zufällig mal ein Gläschen trinkt, ein Alkoholiker zwar wie alle hier, aber nicht so wie die hier – ein Mann übrigens, der beschäftigt war und die Pferde draußen im Reithof besichtigte, als wolle er sie kaufen, und Django erzählte auch, daß jener wisse, wie man ein Gebiß inspiziert.
Also handelte er mit Pferden. Und sogleich vergaß man, daß er ein Industrieller sein könnte, oder gar ein Erfinder, der mit der NASA zu tun hat. Vielleicht war er Biologe, denn mit Dr. Amstel unterhielt er sich, und an sonnigen Tagen saß er mit ihm im Garten hinter dem Haus, und jener Dr. Amstel war ein Biologe und der einzige Doktor im Dorf, der kein Arzt oder Apotheker war, also so etwas wie ein Professor. Er kümmerte sich auch um das kleine Heimatmuseum, und im Blättchen ließ er ab und zu einen Artikel erscheinen über den letzten Speierlingbaum am Hang und andere naturschützerische Probleme.
Ich suchte inzwischen Verbündete gegen den Herrn aus Vilbel, irgend jemanden, der mir bestätigen könnte, daß jener ein Unangenehmer sei. Hätte ich auch nur einen gefunden, hätte mir wenigstens Anita hinter der Theke zugelächelt, wenn er sprach, ich wär's zufrieden gewesen und hätte ihn als irgendeinen genommen und vergessen.

Ich haßte die Art, wie er meinen Apfelwein bezahlte, wie er vor dem Weggehen noch zwei weitere für mich bezahlte, wie er mir auf die Schulter schlug und sagte: »Sie kriegen dann noch zwei.«

Schweizerdeutsch sprachen wir nicht miteinander. Ich zweifelte nach und nach auch daran, ob jener Schweizer sei, und fragte mich, ob sein Akzent nicht eher eine Nachahmung des Schweizerdeutschen sei als des Hochdeutschen. Auch sein Name, Charles Bönzchen, mag für andere schweizerisch klingen, ich hatte einen solchen Namen in der Schweiz jedenfalls noch nie gehört. Wenn er von Deutschen ausgesprochen wird, mit geschlossenem Ö und zum Sch neigenden Ch, dann bekam er sogar etwas Nobles, dem ein Von oder Graf gut anstehen würde.

In der Oberpforte blieb er für immer der Herr aus Vilbel, und es mag der Wiener Oberkellner gewesen sein, der ihn als erster mit Monsieur Charles ansprach, was die anderen gleich übernahmen, wobei ich immer wieder staune, wie es Deutschen gelingt, selbst einsilbige französische Wörter auf der Endsilbe zu betonen.

Kurz und gut, ich mochte Monsieur Charles nicht. Ich glaubte mich später auch daran zu erinnern, daß ich gleich unten an der Tür, als ich den Schlüssel drehte, das Gefühl hatte, daß sich hier einer gleicher Nationalität in mein Leben schleicht. Ich bilde mir immer ein, Schweizer zu erkennen. Und ich erkenne sie spätestens dann, wenn sich herausstellt, daß sie es sind. Ich hatte dieses Land endlich hinter mir: Ich war, bis der andere auftauchte, der Schweizer hier und hatte mit nichts mehr zu tun. Ich benützte zwar das Wort »Wir«, wenn ich von der Schweiz sprach, aber »Wir Schweizer«, das war bis dahin nur noch ich. Ich hielt meine Flucht für endgültig. Der Beruf des Kellners hat den Vorteil,

daß man fremd bleibt und distanziert, daß einen die berufliche Servilität überlegen macht. In keinem anderen Beruf gibt es so viel Macht mit so wenig Verantwortung, so wenig Freizeit und so wenig Person. Ich war auch, wenn ich in der Kneipe nebenan saß, der Kellner des Hotels zum Oberen Tor und wurde von niemandem gefragt, wer ich sonst noch sei. Ich habe auch keinen Anlaß, nachdem ich das hier selbst aufschreibe, mehr von mir preiszugeben als das, was die anderen schon wissen. Zum ersten Mal war ich irgendwo ohne Vergangenheit, so wollte ich denn auch keine Herkunft. Deshalb machte es mir nichts aus, hier der Schweizer zu sein, weil ich es hier ohne Land war – Luzern ist hier irgendein Ort, den einige gar kennen, aber niemand mit mehr verbindet als mit Optischem.
Es war Django, der mich brüllend in diese Geschichte hereinholte. Nun vergeude ich meine Zeit damit, zu beweisen, daß es meine Geschichte nicht sei und daß es nicht um mich gehe und daß ich nicht zu beweisen hätte, weshalb ich hier bin. Nichts ist passiert, nichts. Nur Monsieur Charles störte mich, und ich wußte nicht einmal, in was er mich störte. Ich werde mir übrigens morgen eine Schreibmaschine besorgen müssen, ich werde doch mehr zu schreiben und weniger zu erzählen haben, als ich vorerst glaubte. Auch habe ich heute morgen meine handschriftlichen Zettel zusammengesucht, denn geschrieben hatte ich sie ohne die Absicht, sie zu sammeln.
Bönzchen lebte nun seit Wochen hier, ging nachmittags zu Dr. Amstel, trank morgens seinen Weißwein in der Oberpforte und aß abends im Kellerlokal des Hotels. Er tafelte, müßte man sagen. Nicht, daß er sehr viel gegessen hätte, aber er wählte seine Speisen aus der Karte, als wäre er im Hilton, ließ sich das einfachste Schnitzel erklären, wünschte

ein anderes Gemüse und bestellte dann so, als ob er für eine ganze Runde bestellen würde. Dies alles ließ ihn nicht als Feriengast erscheinen, denn gerade weil bei ihm die gemessenen Bewegungen Bedeutung ahnen ließen, gerade weil er sich für alles Zeit ließ, erschien er als einer, der seine Zeit nützt und der aus bestimmten Gründen und nicht durch Zufall wie ich – ich arbeitete immerhin hier – im Dorfe war.
Er mietete sich auch gleich ein Postfach vorn auf der Post. Er machte jeden Morgen und meist auch gegen Abend seinen bedeutenden Gang dorthin und holte seine Zeitungen, die er offensichtlich nur zum Zwecke abonniert hatte, um Post in seinem Postfach zu haben. Trotzdem fragte er beim Frühstück nach Post, sagte beim Weggehen, daß er einen dringenden Anruf erwarte und daß man ausrichten solle, daß er gleich wieder da sei und zurückrufen werde.
Als ich zu Meister Albert – so ließ er sich nennen, vielleicht, weil er eigentlich Zimmermann und als solcher nicht Geselle, sondern ein Meister war, der durch Heirat zum Hotel am Oberen Tor gekommen war, das er mit Säge, Hobel und Lötlampe zu dem umbastelte, was man sich unter rustikal vorstellt –, als ich also einmal zu Meister Albert eine Bemerkung über die dringenden Anrufe machte, die nie kommen, wies er mich scharf zurecht und erklärte, daß da dauernd Anrufe kommen, auch aus Frankreich und Italien, und daß Monsieur Bönzchen nicht einer von jenen sei, die ihre Ferngespräche vom Postamt führen müßten, weil es dort wesentlich billiger sei, und daß ich mich darum überhaupt nicht zu kümmern hätte.
Wo ich es auch immer versuchte, ich fand keine Verbündeten gegen Charles, und ich wünschte immer dringender, er möge abreisen und mich hier endlich in Ruhe zurücklassen.

Als ich dann vorn in der Kneipe des Jugoslawen wieder einen Fremden mit südlichem Akzent hörte, vermutete ich schon einen weiteren Schweizer. Er war aber dann doch nur aus Konstanz, und ich war beruhigt. Es gibt jene eigenartige Erscheinung bei Müdigkeit, daß einem sogar Englisch oder meinetwegen Malaysisch als Schweizerdeutsch erscheint, daß man beim Zuhören vom Nebentisch plötzlich deutlich einen schweizerdeutschen Satz versteht, sich erschreckt umdreht, sprachliche Fata Morganas, mehr Schreckgespenster als Wunschträume.

Bönzchen nistet sich ein. Ich gebe die Hoffnung auf, daß er je wieder abreisen wird. Gestern ließ er sich vom Gärtner drei Topfpflanzen anliefern. Ich verzichtete, ihn darauf aufmerksam zu machen, daß ich mir nicht vorstellen könne, daß Meister Albert sich so etwas gefallen lasse, ich meine, daß er zulasse, daß sich Hotelgäste Zimmerpflanzen anschaffen. Ich verzichtete darauf, weil ich mich auf Alberts Donnerwetter freute. Ich hörte schon seine Stimme im Treppenhaus. Sie blieb aus. Und als ich so nebenbei beim Bierzapfen erwähnte, der Schweizer habe nun auch noch Pflanzen in seinem Zimmer, schnauzte mich Albert an, daß mich das nichts angehe. Ich erschrak immerhin, daß ich ihn als Der Schweizer bezeichnete – das in der Hoffnung, ihn zu diffamieren oder wenigstens zwischen uns eine Distanz zu legen. Solange er der Gast ist, der zufällig vorbeigekommene, so lange bin ich ihm überlegen, denn ich wohne hier. Wer Leute seiner eigenen Nationalität nach ihrer Nationalität bezeichnet, distanziert sich von ihnen. Aber niemand wird mir das übelnehmen können, da ich ja selbst Schweizer bin. Er wird es jedenfalls als Der Schweizer schwerer haben als als Monsieur Charles.

Am anderen Abend, als ich ihn zu bedienen hatte, und nicht etwa, während ich den Wein einschenkte und von der Platte auf seinen Teller schöpfte – niemand kann sich darüber beschweren, wenn man das besonders elegant und mit ausladenden Bewegungen tut, aber mit besonderer Eleganz kann man auch Verachtung ausdrücken –, also nicht, während ich servierte, sondern ganz beiläufig, als ich an seinem Tisch vorbeiging, sagte ich: »Sie wissen, daß Dieffenbachias giftig sind.« Ich ging davon aus, daß er nicht wußte, wie seine Pflanzen heißen, ich ging davon aus, daß er mich fragen werde, was Dieffenbachias sind. Ich hatte wirklich in Frankfurt eine Buchhandlung aufgesucht und mir ein Taschenbuch über grüne Zimmerpflanzen gekauft. Ich weiß nicht, weshalb. Ich bin dann auch mehrmals und unnötigerweise geschäftig an seinem Tisch vorbeigegangen, sammelte saubere Aschenbecher ein und stellte saubere wieder hin, rückte die Stühle an den leeren Tischen vorwurfsvoll zurecht, als hätte er – der einzige Gast heute – die Verantwortung für die Unordnung.
Er ließ mich mehrmals hin und her gehen, bis er endlich sagte: »Was haben Sie gesagt?« Ich legte meinen linken Unterarm ins Kreuz und erklärte ihm, daß die Dieffenbachia maculata, die aus den tropischen Gebieten Brasiliens stammt, dort ein Lieferant für Pfeilgift sei und daß ihr Saft bei empfindlichen Menschen Hautverbrennungen hervorrufen könne, daß vor allem Berührungen der Augen und des Mundes zu vermeiden seien, daß die Dattelpalme – Phoenix canariensis – helle, sonnige Standorte bevorzuge und daß die Dracena deremensis eine hohe Luftfeuchtigkeit liebe.
Er hörte sich das an und stellte die Frage, die ich erwartet hatte: »Waren Sie mal Gärtner?« Ich sagte im Weggehen »Nein« und beschäftigte mich, Stühle zurechtrückend,

Richtung Theke. Er sollte den Eindruck bekommen, daß man so etwas weiß.

Ich vertiefte mich mehr und mehr in mein Pflanzenbuch – ganz nebenbei auch erstaunt darüber, wie oft man solch zufälliges und unnötiges Wissen einbringen kann –, nun auch in der Oberpforte und vorn beim Jugoslawen die Gespräche aufmerksam verfolgend und jene Stichwörter suchend, die mein neues Wissen beiläufig verbreiten halfen. Hatte er – Bönzchen – sich aufs bedeutende Schweigen eingelassen, ich versuchte ihn mit Reden zu schlagen, und nebenbei hoffte ich auch, die Aufmerksamkeit von Dr. Amstel auf mich zu ziehen, ihn irgendwie davon zu überzeugen, daß Gespräche mit meinem Landsmann wohl doch eher unfruchtbar seien. Aber auch meine Bemerkungen, daß ich nach und nach so meine Vorstellung hätte, was des Schweizers Geschäft sei, vermochten niemanden mehr zu verunsichern. Der Beruf von Bönzchen war inzwischen nichts anderes, als Monsieur Charles zu sein. Das kleine Kaff hatte für ihn einen Platz, er war von nun an schon immer da, und wenn ich auch länger da war als er, ich war höchstens Inventar, er war Person.

Ich gebe zu, daß ich mir überlegte, ob ich ihm nachspüren soll, ihn tagelang nicht aus den Augen lassen soll, um ihm nachzuweisen, daß er sich in der Kaiserstraße herumtreibt, mit Waffenhandel oder Drogen zu tun hat. Doch ich hätte genausogut gleich hingehen können in die Oberpforte und solche Behauptungen aufstellen. Sie hätten nicht einmal mehr die Chance gehabt, zum Gerücht zu werden, und wäre er ein Übeltäter gewesen, ganz sicher war er das nicht hier. Hier ist er Monsieur Charles, das wird er hier bleiben, und daß er ab und zu die Enten fütterte, vorn beim Verwaltungsgebäude, wurde in der Formulierung erzählt: »Sogar die En-

ten füttert er«, was eher ein Hinweis auf seine gepflegte Kleidung war als auf seine Freundlichkeit.
Eines Tages, so stell ich mir vor, wird er so betrunken sein, daß er nicht mehr die Treppe hochkommt. Ich werde ihn stützen und tragen, und ich werde mich vor ihm ekeln können. Dann ist es geschafft, dann werde nicht ich es herumerzählen, dann kann er herumgehen und lächelnd erwähnen, daß er gestern stinkbesoffen war. Ich werde es nicht bestätigen, ich werde ihm die Genugtuung nicht gönnen, daß es akzeptiert sei, und wenn ich es nicht bestätige, dann wird er noch besoffener gewesen sein. Ich werde mich nicht erinnern, ich werde mich einfach nicht erinnern. Ich werde der sein, der alle Tage mit solchen Kerlen zu tun hat. Ich werde der sein, der die Reichen kennt. Er täte gut daran, mit mir freundlich zu sein. »Ich habe dir ja erzählt«, wird er später in der Oberpforte zu mir sagen, und ich werde es nicht bestätigen. Ich werde nicken oder ihn auch nur lange anschauen, ich werde ihn weiterhin mit Sie ansprechen. Er soll an der Diskretion eines Kellners scheitern. In mir soll er keinen Freund haben, der seine Räusche akzeptiert, ich werde ihn nicht damit trösten, daß er gestern ein Gläschen zu viel hatte. Ich habe mit ihm nichts zu schaffen.
Als ich ihn endlich oben in seinem Zimmer hatte, versuchte ich, ihn so von meiner Schulter aufs Bett zu werfen, wie ich mir das etwa vorstellte, und ärgerte mich, daß das Geräusch der Matratze nicht jenes war, das ihr ein schwerer, hingeworfener Körper abverlangt. Er setzte sich nur und sagte: »Dieser verdammte Oppenheimer, dieser deutsche, süße Weißwein, ich kann das Wort trocken schon gar nicht mehr hören.«
Und er schlug vor, noch einen Whisky zu trinken, und er bat mich, runterzugehen und eine Flasche zu holen. »Wir sind

doch schließlich Schweizer«, sagte er, diesmal in Schweizerdeutsch. Ich beschloß einmal mehr, keiner zu sein, ging und holte die Flasche, nicht ohne eine Bemerkung zu Albert zu machen über die Betrunkenheit und Dummheit des Gastes, und wiederum wartete ich vergeblich auf ein Zeichen des Einverständnisses. So soll, dachte ich, wenn mir schon kein anderer es bestätigen will, er selbst bestätigen, daß er ein Nichts ist, und ich beschloß, sanft zu sein mit ihm und ihm den Whisky einzuflößen, und, wenn es sein muß, auch eine zweite Flasche zu holen.
Und ich werde wissen, daß er ein Niemand ist, einer ohne jede besondere Geschichte, der nur herkam, um sich aufzublasen in diesem kleinen Kaff, sich wochenlang hier herumtreibt, eine graue Eminenz spielt.
Als ich zurückkam, empfing er mich als Gast, und es gelang ihm schon fast, einen Nüchternen darzustellen. Er rückte einen Stuhl neben die Dracena, sagte: »Nehmen Sie Platz«, in einem Tonfall, wie man das etwa zu jemandem sagen mag, der sich für eine Stelle des mittleren Managements beworben hat, setzte sich selbst vor die Dieffenbachia und entschuldigte sich dann, daß er mich nicht gefragt habe, ob ich Eis in den Whisky nehme. Auf dem Tischchen standen schon zwei Gläser, und er erklärte sich sogar bereit, selbst Eis zu holen unten im Restaurant. Er selbst nehme nie Eis, und Wasser sei schon drin, sagen die Schotten, sagte er. Ob ich gestatte, daß er seine Jacke ausziehe, ich solle es mir ruhig bequem machen.
Der Kerl stand wieder auf den Füßen und in seiner Rolle. Ich ärgerte mich, daß ich ihn nicht gezwungen hatte, Schuhe und Hosen auszuziehen, daß ich ihm dabei nicht grob und bestimmt behilflich gewesen war, daß ich mich nicht geweigert hatte, den Whisky zu holen, daß ich ihm

nicht gesagt hatte: »Morgen jederzeit, für heute haben Sie genug.«

Doch ich wußte, sollte es mir nicht gelingen, ihn völlig betrunken zu machen, ich wäre der Verlierer.

Er öffnete die Flasche, goß die Gläser fast randvoll, verglich sie mit einem Blick, schaute mich an und lud mich mit einer Handbewegung ein, eines der Gläser zu ergreifen. Es kam mir vor, als hätte ich die Waffe zu wählen, als ob die beiden Gläser verschieden wären und die falsche Wahl das Ende bedeute.

Ich war vor ihm hier. Er ist der Verfolger, die Rollen sind nicht vertauschbar, er hat mich gestellt. Flüchtlinge wissen, daß die Flucht nicht gelingt. Ich beschloß, mir einen recht großen Anteil am Whisky zu sichern und mich auf nichts einzulassen als aufs Trinken. Doch schon bald vergaß ich, daß er betrunken war. Ich erkannte meine eigene Trunkenheit noch nicht und seine nicht mehr.

Es geschieht oft, daß mir ganz sanft und ohne jede Bedrohung der Satz durch den Kopf geht: »Vielleicht bringe ich mich doch um«, als hätte ich mich je entschlossen, es nicht zu tun. Es bestand nicht der geringste Anlaß, jetzt nicht wegzulaufen. Ich war keineswegs verpflichtet, hier zu bleiben, und ich blieb. Er saß vor seiner Dieffenbachia, das Zimmer wurde zum Treibhaus. Es war inzwischen mit Pflanzen überstellt, und wenigen von ihnen gab ich nach meinen neu erworbenen Kenntnissen eine Überlebenschance, denn mit dem einen Fenster war der Raum nicht hell genug. Sein Bett stand unter Palmen.

»Sie staunen, ich staune auch«, sagte er, »die Pflanzen sind mir unwichtig. Ich weiß nicht, weshalb sie hier stehn, aber ich erinnere mich, daß ich es mir so vorgestellt habe.«

Ich beharrte darauf, mich an diesem Gespräch nicht zu be-

teiligen, bei den Floskeln eines Kellners zu bleiben, die Fliege und die Weste nicht abzulegen. Wäre der Raum auch nur ein bißchen größer gewesen, ich hätte mich nicht hingesetzt, aber die Pflanzen zwangen mich dazu.
Ich erwartete auch, daß er mich fragen werde, was ich hier mache, wie ich hierhergekommen sei. Ich erwartete, daß er sagen würde: »Sie sehen nicht aus wie ein Kellner, wer sind Sie, was tun Sie, Sie hätten doch das Zeug zum –«. Er sagte es nicht.
»Wie in einem Treibhaus, so habe ich mir das vorgestellt«, sagte er, »ein Wintergarten mit Rohrsesseln, mit Rauchertischchen, mit älteren parfümierten Damen auch, die auf und ab gehen, mit Herren im Frack, die sich Bedeutendes zuflüstern. Ja, ich habe als Kind in Luzern noch einen richtigen Sultan gesehen mit seinem Gefolge, wie er ins Hotel Schweizerhof einzog. Weiß verschleierte Damen. Schwarze Autos auch. Ich glaube, ich habe von den Damen geträumt. Mich wundert, woher ich wußte, daß sie schön sein müssen. Überhaupt, so scheint mir, bin ich in meinem Leben nie einer Frau begegnet, in die ich mich nicht verliebt hätte. Meine erste Lehrerin trug ein schwarzweiß gestreiftes Kleid. Sie fragen mich, weshalb ich das erzähle. Ich hatte eine Affaire mit meiner Lehrerin, von der sie nichts wußte. Wenn das nur erzählbar wäre. Ich sage Ihnen, daß ich leide, wer leidet nicht, ich schau auf meine Hände, zwischen diesen Fingern durch ist mir das Leben weggelaufen. Sie sagen, das sei Kitsch – ja, und zurückgeblieben ist die Erinnerung an ein schwarzweiß gestreiftes Kleid. Sagen Sie ruhig, daß ich Ihnen auf die Nerven gehe. Ich möchte Sie nicht aufhalten, trinken Sie Ihren Whisky aus oder lassen Sie ihn stehen, stehn Sie auf und ziehen Sie sich zurück. Sie brauchen mich nicht zu hüten, ich kann mir das alles auch selbst erzählen.

Natürlich habe ich was erlebt. Ich habe noch Aktivdienst gemacht – 1944 im Engadin. Wo bin ich stehengeblieben? Glauben Sie mir, ich war ein treuer Ehemann – nein, das war ich nicht, aber nicht so wie die andern. Ich hab mich geärgert über meine Kollegen im Büro, denen es so leicht fiel, mit den Mädchen anzubändeln. Ich bin kein Schürzenjäger. Ich versuchte, die Frauen damit zu beeindrucken, nicht so zu sein wie die Männer, und die Frauen fielen nur aus meiner Gunst, wenn sie auf solche fielen, die wie Männer waren, und das waren die anderen.«

Dieser Satz war ihm zu viel. Er blieb längere Zeit still, wie wenn er ihn überprüfen wollte, wie wenn er sich einen Überblick über seinen Satz verschaffen wollte. Er mußte den Eindruck haben, einen großen Satz gesagt zu haben, und schon war er weg.

»Ich bin hier«, sagte er, »um mir alles noch mal zu überlegen. Nein, ich schlafe gut und erwache sorgloser als früher. Was habe ich gesagt von den Männern? Vielleicht war es das.« Er zog seine Brieftasche, blätterte drin rum, steckte sie wieder ein.

»Es ist wohl«, sagte er, »ein großer Irrtum der Männer, daß sie glauben, die Frauen würden sich für sie schön machen. Die tun das für sich selbst und nehmen uns nur mit. Mir scheint, wir sehen sie eigentlich immer nur von hinten, und so beginnen sie sich zu gleichen, und wir erinnern uns nicht mehr. Aber glauben Sie ja nicht, daß ich nicht auch anderes in meinem Leben zu tun gehabt habe. Ich bin so etwas wie ein erfolgreicher Mann. Ich habe mein Haus, ich bin nicht arm, ich darf sagen, daß ich in meinem Beruf etwas erreicht habe.«

Er erwartete keine Antwort auf seine Frage, ob ich eine Freundin hätte. Seine Kinder seien erwachsen, sagte er, wie wenn er seine Frage an mich selbst beantworten wollte. Er sagte jetzt endlich auch, daß ich noch jung sei – 45 sei kein Alter, ich solle mir ja nicht einbilden, daß dies ein Alter sei. »Aber es geht verdammt schnell, und dann ist es trotzdem so lange her«, sagte er, und ich blieb sitzen, ich blieb einfach sitzen. Dieser verdammte, klebrige Whisky ließ mich sitzen bleiben. Und da saß so ein halbfetter Kerl und versuchte sich in Sätzen: »Nicht das Unglück hat mich verfolgt, nur die Unglücklichkeit.«

Und ich erinnerte mich, wie er in der Menükarte blättert, wie er sich zurücklehnt, wenn er bestellt, wie er mich zum Kellner macht, wie er weiß, daß der Braten »Rôti« heißt, und wie er nach dem Wort eine Pause macht, um mir Zeit zum Nachfragen zu lassen, wie er dann sagt: »Haben Sie das?«

Jetzt soll er seinen Kellner haben, jetzt werde ich nicht aus meiner Rolle fallen. Ich habe gelernt, nicht zuzuhören. Ich habe gelernt, an den richtigen Stellen zu nicken und an allen Stellen zu lächeln. Ich habe gelernt, mich selbst sprechen zu hören, wenn ich spreche.

Er soll an der Diskretion eines Kellners scheitern. Aber ein Kellner steht, und ein Kellner legt seine Hand ins Kreuz, und ein Kellner beugt sich nach vorn, wenn er nicht zuhört, und ich saß. Ich sitze in einem viel zu tiefen Stuhl, in dem man sich weder aufrichten noch vorbeugen kann, und über mir die Dracena und hinter ihm die Dieffenbachia, und wir wachsen langsam ein im Treibhaus und verfallen eher der Dieffenbachia als dem Whisky, und seine Stimme kommt nach und nach aus dem Wald, keine Wörter mehr, nur noch eine Stimme. Jetzt nicht einschlafen.

»Baden-Baden«, sagte er, »so habe ich mir das vorgestellt, Kübelpalmen, eine Kurpromenade, ein Kurorchester im Musikpavillon und eine Zeit, die fast stehenbleibt. Ich habe mir schon als Kind gewünscht, ein alter Mann zu sein, nicht etwa einer zu werden, nein, einer zu sein. Es hinter mir zu haben, all das hinter sich zu haben mit den schwarz-weiß gestreiften Kleidern, das Lächeln der Damen gelassen dankend entgegennehmend. Nur das wollte ich, nur das – ist das zu viel? In Ihrem Alter, junger Mann, habe ich das Warten aufgegeben, das Warten auf Baden-Baden. Sie verstehen das nicht, Sie können das nicht verstehen. Ich habe das selbst nie bemerkt. Erst jetzt, da ich es sage: Ich habe damals das Warten aufgegeben. Ich habe das Warten gegen die Ungeduld der Langeweile eingetauscht«, sagte er, und sofort der Blick zur Decke, die Überraschung über den eigenen Satz, dann der fragende Blick an mich, ob man den Satz vielleicht so stehenlassen könnte.

»Übrigens erlebe ich zum ersten Mal«, sagte er nun, »daß Pflanzen Lebewesen sind. Es ist mir wichtig, daß sie wachsen. Ich versuche mit ihnen zu sprechen. Ich habe auch Dünger gekauft und ein Buch über Zimmerpflanzen. Ich weiß, daß die Dieffenbachias giftig sind und aus den tropischen Gebieten Südamerikas, aus Brasilien stammen, sie gehören zur Familie der Aronstabgewächse. Ich habe mir ein Buch über Zimmerpflanzen gekauft.«

Er stand auf, und ich erwartete, daß er sagen würde: »Stehn Sie auf!« Aber er ließ mich sitzen. Ich beschäftigte mich mit meinem Whisky. Ich wollte ihm jetzt nicht zuhören, und er schien meinen Beschluß bemerkt zu haben. Sehr leise, halb von mir abgewandt, sagte er: »Es müßte Sie eigentlich beschäftigen, daß ich mir dasselbe Buch wie Sie über Zimmerpflanzen gekauft habe.«

Ich stand auf, ging zu ihm, bemerkte auch, daß ich meine Rolle verließ, berührte ihn am Arm und sagte: »Was haben Sie jetzt gesagt?«

Wir setzten uns wieder, und er sagte: »Ich zweifle sehr an Ihrer Aussage, daß es sich bei diesem palmenähnlichen Ding um die Dracena deremensis handelt. Die Abbildung in Ihrem Buch, in meinem Buch, will ihr nicht gleichen. Auffallend ist aber, daß Herr Gugenhahn sich ausgerechnet bei der Dracena nicht über mögliche Abarten ausläßt. Geben Sie zu, Sie interessieren sich nicht für Pflanzen. Woher wissen Sie, daß ich nichts verstehe davon? Da, das sind die ersten Pflanzen in meinem Leben, vielleicht die ersten, die ich überhaupt angeschaut habe. Es ärgert mich, wenn sich an der Birkenfeige – Ficus benjamina – ein Blatt rollt und verfärbt und andern Tags abfällt. Es mag daran liegen, daß sie hier zu wenig Licht hat. Anfänglich habe ich ihr auch zuviel Wasser gegeben. Ich habe hier zwei Kopfstecklinge geschnitten und sie vorläufig ins Wasser gestellt. Gugenhahn zweifelt daran, ob es möglich sei, sie so zu bewurzeln. Schauen Sie mal, diese kleinen weißen Punkte im Wasser, könnten das Wurzeln sein? Inzwischen setze ich meinen ganzen Ehrgeiz in die Sache. Sie sollen wachsen, sie sollen mir wachsen. Ich will der sein, der sie wachsen läßt. Verstehen Sie, wenn ich Ihnen sage, daß ich sehr daran zweifle, daß ich sie liebe. Ich halte ihr Wachsen für einen Liebesbeweis und liebe sie nicht. Bereits lebe ich mit ihnen zusammen. Wenn ich in mein Zimmer komme, beschäftige ich mich stundenlang mit ihnen, ich kenne inzwischen jede Knospe und beobachte ihr Wachsen mit der Lupe. Aber ich weiß, daß dies alles nur ein Versuch ist, sie zu lieben, herauszufinden, was geschieht, wenn man sie liebt.
Ja, so habe ich mir das vorgestellt. Eine Hotelhalle in Baden-Baden mit sehr viel grünen Pflanzen, mit Palmen, mit Kübelpalmen. Nur deshalb stehn sie da; ein Bühnenbild sozusagen, ein schäbiges Bühnenbild. Baden-Baden in Bergen-

Enkheim. Kennen Sie das, daß man sich fürchtet, dort zu warten, wo man sich treffen könnte, und trotzdem wartet, irgend an einem anderen Ort wartet?«

Und er stand auf, ging zum Ficus, bückte sich zu den Zweigen, nahm seine Brille von den Augen, benützte sie als Lupe und beobachtete eine kleine Knospe. Er schien mich vergessen zu haben. Er behielt die Brille so in den Fingern, schaute nun über sie weg in die Blätter und sagte: »Warum erzähle ich Ihnen das? Etwa weil Sie mich in Verdacht haben? Nein –« Und nach einer langen Pause, ohne seine Stellung zu verändern: »Ich habe in meinem ganzen Leben nur mit Frauen gesprochen, von ihnen wollte ich verstanden sein, von niemandem sonst. Nicht von einer Frau, sondern von den Frauen. Verstehen Sie, ich wollte kein Mann sein, nicht einer von den Männern sein, aber ich habe es nie geschafft, eine Frau so zu sehen, wie wenn sie nicht eine der Frauen wäre.

Versteht man das so? Nein!

Hätte ich nicht schon als Kind den Wunsch gehabt, ein alter Mann zu sein, ich müßte annehmen, daß es die Frauen sind, die mich hier zwischen Pflanzen sitzen lassen« – und immer noch die gebückte Haltung vor dem Ficus. »Ich wollte es hinter mir haben, ich wollte es schon immer und immer wieder hinter mir haben, ich wollte die Frauen nicht lieben, ich wollte sie geliebt haben. Ich sprach von Liebe immer in der Vergangenheit. Ja, ich war verheiratet, ich bin verheiratet. Es ist zu leicht, zu sagen, daß ich die Frau nicht gefunden habe, weil ich eine hatte. Ich war allen treu, allen. Und jetzt sitze ich hier in Baden-Baden – in meinen Kulissen von Baden-Baden – und warte auf alle.

In Baden-Baden wollten wir uns treffen – später, wenn wir alt sind – auf der Kurpromenade in Baden-Baden. Wir hatten ein Datum dafür, ein zufälliges wohl, und es bekam seine Magie, und es stand in unseren Briefen – ein Scherz, vielleicht nur ein Scherz. Vielleicht weiß sie das Datum noch. Ich habe es vergessen. Ich weiß nicht einmal mehr, auf wen ich warte. Ich muß mehreren erzählt haben von Baden-Baden. Am 17. September in Baden-Baden, habe ich gesagt. Wohl schon Herbst, wohl schon eher Herbst. Es war leichter, so wegzugehen, und zwischen dem Abschied und dem Wiedersehen hätte ein Leben liegen können, verstehen Sie, ein ganzes Leben, und da wäre kein Schmerz mehr nach einem Leben. Vielleicht fürchte ich mich, in Baden-Baden zu warten, und wenn ich schon zur falschen Zeit warte, dann kann ich auch am falschen Ort warten. Es gibt jetzt nur noch den Zufall, ohne Ort und ohne Zeit. Wenn ich morgen zum Frühstück gehe, und sie sitzt da, am kleinen Tisch vor dem Fenster. Glauben Sie mir, daß ich mich fürchte, am Morgen? Ich hoffte, in Baden-Baden zu warten nach einem ganzen Leben. Ich hatte mir vorgestellt, daß man als alter Mann ein Leben hinter sich hat. Nein, sagen Sie nicht, daß ich nicht alt sei. Und wenn ich es auch nicht wäre, man ist dann alt, wenn man keine Lust mehr auf das Alter hat, wenn man feststellt, daß das Leben, das man hinter sich haben sollte, eigentlich keines war. Ich habe es immer noch herzustellen mit Kübelpalmen, mit einem Postfach in Bergen-Enkheim, mit einem Kurort, der keiner ist: Bad Vilbel, ich habe mir das ausgewählt auf der Karte. Vielleicht wählt sie das auch aus. Vielleicht ist sie in Vilbel, und ich bin hier, betrunken, mit einem betrunkenen Kellner.

Ich warte auf jemanden, den ich nicht treffen möchte – die ich alle nicht treffen möchte, ich habe mir vorgestellt, sie nach einem ganzen Leben zu treffen. Ich bilde mir ein, daß ich wenigstens mein Versprechen halte.«

Ich hörte ihm nicht mehr zu. Ich schaffte es nicht mehr, ihm zuzuhören – oder der Whisky schaffte es, daß ich ihn gar nicht mehr hörte.
Angefangen hatte es mit einer Dracena, angefangen hatte es mit einem Buch über grüne Zimmerpflanzen. Ich weiß auch nicht, was ich dauernd in dieser Oberpforte zu suchen habe: diese gelangweilten Trinker, diese Geschichten, diese immer dieselben Geschichten. Ich werde morgen zu Meister Albert gehen und kündigen, er wird meine Kündigung annehmen. Seit dieser Monsieur Charles im Hause ist, bin ich ohnehin niemand mehr, als ob mein Schweizersein sein Schweizersein stören könnte. Ich werde zu Meister Albert sagen: »Ich sage Ihnen, Bönzchen, dieses Schwein.« Und wenn er mich fragt, werde ich nur sagen: »Gestern abend, ein Schwein, sag ich Ihnen«, und dann werde ich noch sagen: »Er oder ich.«
Ich werde mich nicht umbringen, nein, der Garçon wird sich nicht umbringen. Der Garçon kennt das.
Aber eines Tages schmeiße ich alle meine verdammten Zimmerpflanzen aus dem Fenster, und ich werde das Fenster nicht öffnen. Ich werde sie nicht durchs Glas werfen, sondern voll in die Sprossen, daß sich der Lärm des splitternden Holzes mit dem sanften Klirren der Scheiben mischt.
Ich werde es lange genug ausgehalten haben.
Diese verlogenen Hotels, in denen keine Pflanze eine Pflanze ist, kein Bett ein Bett, kein Tisch ein Tisch, kein Teller ein Teller. Alles Kulisse – eine Nachahmung der Welt. Nachgeahmte Verbeugungen und nachgeahmtes Lächeln, nachgeahmte Speisen und nachgeahmte Getränke.
Nur Kotzen können sie – das einzige Natürliche, was ich in Hotels gesehen habe, war Kotzen. Das läßt sich nicht nachahmen, da gibt es keine feine Art dafür.

In der Oberpforte wird wenigstens schlechter nachgeahmt. Da werden Cowboys nachgeahmt und Kraftprotze und Würfelspieler, und da ist das Bier so schlecht nachgeahmt, daß es fast noch ein Bier ist. Da sind die Bouletten so, daß niemand den Verdacht hat, sie könnten nachahmenswert sein. Tu doch nicht so, Charles Bönzchen, wie wenn ein nachgeahmtes Leben mehr wäre. Frauengeschichten sind noch lange keine Geschichte. Alles Nachahmung, Charly, alles Nachahmung – nachgeahmte Direktoren, nachgeahmte Offiziere, und nun sitzt du im Dreck deiner Kübelpalme und spielst Baden-Baden.

So alt ist der Garçon schon lange.

»Herr Direktor Bönzchen, Herr Major Bönzchen – der Garçon lacht!«

Ich schließe das Fenster. Damals in Sankt Moritz schloß ich es auch.

Und dann sitzt man in der Stille. Woher wohl meine Vorstellung kommt, daß Treibhäuser laut sind, daß ich mir Wälder laut vorstelle. Und plötzlich sitzt du da, und die Pflanzen schweigen dich an. Und der ganze Ärger ist weg. Es gibt keinen Monsieur Charles mehr. Ich erinnere mich nicht einmal mehr an sein Gesicht. Seine Sätze sind weg – hier aufgeschrieben und weg. Er hätte inzwischen irgendwas sagen können.

Ich könnte jetzt auch noch mal runtergehen und bei Charles klopfen und ihn noch um ein Glas, ein letztes, bitten. Ich gehe in meinem Zimmer auf und ab.

Ich weiß nicht mal mehr, weshalb ich mich so ärgerte über den Pfarrer an der Bar in Sankt Moritz. Er bestellte dreimal an jenem Abend eine Lady-Curzon-Suppe und erklärte dann jedesmal den umstehenden Gästen, warum diese Suppe so heiße, daß sie benannt sei nach der Frau eines englischen Generals, der weiter in der Geschichte kaum mehr eine Rolle spiele, aber seine Frau habe es geschafft, sich mit dieser Verfeinerung der Schildkrötensuppe einen Namen zu machen. Und trotz dieser Feststellung begann er doch noch die Leistungen von General Curzon zu beschreiben und andere Heldentaten jenes Feldzuges, von dem ich nicht mehr weiß, wo er stattfand, und es endete dann immer wieder bei seiner Ansicht über den Seelenzustand Adolf Hitlers. Ich weiß nicht einmal mehr, wie ich draufkam, daß jener ein Pfarrer war – aber drei Lady-Curzon-Suppen, dreimal die Beschreibung jenes Feldzuges, im ersten Weltkrieg, glaube ich, und dreimal der Seelenzustand Hitlers, und alles gebadet in seiner Liebe zu Schildkrötensuppe.

Ich trinke nicht bei der Arbeit. Ich hoffte auch, daß er nun endlich geht. Ich hatte die Frechheit, mich bei der dritten Erzählung einzumischen, und mit dem Wissen, das ich nur von ihm hatte, ihn zu korrigieren und selbst weiterzuerzählen. Ich erwartete, daß er das nicht erträgt und geht. Aber im Gegenteil, er fand in mir einen Zuhörer, einen Interessierten. Auch als alle anderen weg waren, blieben wir stehen, diese Angst der Trinker, nicht mehr zu sein, wenn der andere geht, dieser Zwang, die Zeit durch Bleiben anzuhalten. Auch damals wußte ich nicht, wie ich auf mein Zimmer kam. Auch damals die Stille und erst mal der Versuch, irgend jemandem zu telefonieren, und niemand meldete sich.

Dann die Vorstellung, daß man aus dem Fenster springen könnte – nicht etwa sich das Leben nehmen, nur aus dem Fenster springen. Dann bin ich sehr vorsichtig aufs Fenster zugegangen, habe nicht rausgeschaut und habe es geschlossen.

Andern Tags trat ich meinen Urlaub an und fuhr mit dem Zug ins Unterland.

Ich hatte alles vergessen, ich hatte wirklich alles vergessen. Erst drei Tage später fiel es mir wieder ein, und ich fand die Geschichte lustig.

Ich erinnerte mich an das verwirrte Gesicht des Portiers, als ich nach dem Schlüssel fragte, nach seinem Passepartout.

Das Hotel stand über einem steilen Abhang. Mein Zimmer war im vierten Stock.

Ich bin gesprungen.

Es hatte nichts, gar nichts mit Absicht zu tun. Ich sah keine Bilder aus meinem Leben abrollen. Ich erinnere mich nicht an den Sturz und nicht an den Aufprall, nur an mehrere Überschläge im hohen Schnee und an ein langes Ausrollen im steilen Abhang, an die Furcht jetzt auch, daß ich auf irgendeinen Stein aufprallen könnte.

Ich stand auf. Ich hatte nicht die geringste Verletzung, keine Prellung und nichts. Ich war auch nüchtern und eigentlich recht froh, fast gut gelaunt.

Das erste, was mir einfiel, war jener aufgeblasene Pfarrer, und ich mußte über ihn herzlich lachen.

Und als ich mich aufmachte auf den Rückweg zum Hotel – ich hatte den ganzen Abhang zu umgehen, die Straße machte eine große Schlaufe, so eine halbe Stunde dauerte das schon, und es war recht anstrengend –, da mußte ich auch laut lachen über mich selbst, und ich legte mir schon jetzt zurecht, wie ich das später meinen Freunden zu vorgerückter Stunde erzählen könnte. Etwa, wie ich den Pfarrer einsetzen könnte und an welcher Stelle, oder ob ich gar mit dem Sturz beginnen sollte, etwa »Damals, als ich mich in Sankt Moritz aus dem Fenster stürzte«.

Und dann dieses Gesicht des Portiers, als ich nach meinem Schlüssel fragte, und er sagte: »Der Schlüssel ist oben«, und ich ihm lächelnd und gelassen antwortete, daß ich das wohl

wüßte und daß der Schlüssel innen stecke. Es gelang uns dann, mit seinem Passepartout den Schlüssel rauszuschieben und aufzuschließen. Ich legte mich ins Bett und schlief ein.
So war das.
Nur die Beweise fehlen mir für diese Geschichte. Daß ein Kellner seinen Zimmerschlüssel beim Portier abgibt und ihn nicht mit sich rumträgt, scheint mir unwahrscheinlich – trotzdem, ich erinnere mich nicht anders.
Und was ich wissen möchte: Bin ich durchs offene Fenster gesprungen oder durch das geschlossene? Ich müßte mich dann doch an das zertrümmerte Fenster erinnern und an die Fragen anderen Tags und an all die Peinlichkeiten. Ich erinnere mich nicht.
Aber ich neige dazu, anzunehmen, daß ich durch das geschlossene Fenster sprang, mit der rechten Schulter voran voll in die Sprossen.
Als ich jetzt das Fenster schloß, erinnerte ich mich daran, ich ging einige Schritte zurück

Hier bricht das Manuskript ab. Ich habe es lange mit mir herumgetragen, anfänglich verärgert und auch ungelesen, weil ich den Mann, der es mir zustellte, nicht mag; ein höherer Angestellter einer Firma in unserer Gegend, einer jener chronischen Leserbriefschreiber, wenn es darum geht, die gutbürgerliche Politik vor roten Horden zu schützen. Schon mit diesen Zeilen verbaue ich mir, die Geschichte veröffentlichen zu können. Anfänglich hatte ich die Absicht, das Ganze zu einem Roman umzuformen und auszubauen. Ich verlor aber sehr bald mein Interesse daran, und die Geschichte wurde mir zum Ärgernis, weil sie mich immer wieder an jenen Zusender – einen Mann, mit dem ich mal Militärdienst machte – erinnerte. Karl Bönzli oder – wie er im Manuskript genannt wird – Charles Bönzchen, so scheint mir, ist hervorragend beschrieben. Der Autor muß ihn gekannt haben, und ich gönne dem Karl Bönzli diese Beschreibung von ganzem Herzen.

Ich konnte mir damals auch nicht vorstellen, weshalb er mir dieses Manuskript zustellte. Als ich mich lange genug damit beschäftigt hatte, wußte ich es: Man muß es loskriegen. Ich begann mich auch mehr und mehr mit diesem Kellner zu identifizieren – dies schon deshalb, weil ich immer eine ausgesprochene Abneigung gegen Karl Bönzli hatte und die nun endlich mit jemandem teilen konnte.

Bönzli schrieb mir, daß er schon seit Jahren zur Frankfurter Messe fahre und immer in einem Hotel in Bad Vilbel wohne. Vor drei Jahren sei dort durch ein Mißverständnis kein Zimmer frei gewesen, und das Hotel habe für ihn in der Gegend herumtelefoniert. So sei er nach Bergen gekommen. Er habe sich in diesem Hotel wohlgefühlt und wäre vielleicht auch später wieder hingegangen, wenn diese Geschichte nicht gewesen wäre.

Er schreibt weiter in seinem Brief: »Ich kann mit gutem Gewissen sagen, daß ich mit dieser Geschichte nichts zu tun habe. Ich war auch nur drei Tage in Bergen, zwei Nächte also. Ich habe mich dort nie mit einem Kellner unterhalten, auch nie mit einem Schweizer. Ich habe im Restaurant des Hotels nur einmal abends gegessen. Wenn ich mich richtig erinnere, wurde ich von einer Frau bedient, von einer blonden Frau.

Das Manuskript fand ich Tage später nach meiner Rückkehr unter meinen Papieren, jemand muß mir das reingeschmuggelt haben.

Ich hätte es wohl auch weggeworfen, hätte ich nicht auf der

ersten Seite das Wort ›Vilbel‹ entdeckt und wäre nicht jene Unruhe gewesen im Hotel am Tage meiner Abreise.
Etwas allerdings überraschte mich sehr. Am zweiten Tag brachte ich nämlich wirklich eine Topfpflanze mit ins Hotel. In Bergen war irgendein Jahrmarkt, und da gab es Lose. Aus lauter Langeweile kaufte ich eines und gewann zu meinem Ärger eine Pflanze mit großen, gelb gefleckten Blättern. Ich nahm sie mit und ließ sie unten im Restaurant des Hotels stehen.«
Er schicke mir, schreibt er, das Manuskript nur, weil ich ja Stadtschreiber in jenem Bergen gewesen sei und vielleicht mehr dazu wüßte und vielleicht etwas damit anfangen könne.
Wie gerne würde ich dem Herrn Bönzli etwas in die Schuhe schieben, wie sehr gönne ich ihm den Haß des Kellners. Auch ich möchte Bönzli als Schuldigen sehen, aber ich habe keinen Anlaß, an seiner Aussage zu zweifeln. Wäre Bönzli auch nur für einige Wochen durchgebrannt, man hätte hier davon gehört, darüber gesprochen und schadenfreudig gelacht. Zudem, hätte Bönzchen den Kellner auch nur flüchtig gekannt, ich glaube nicht, daß er das Manuskript ausgerechnet mir zugestellt hätte. Er macht dann im Brief auch darauf aufmerksam, daß wir nicht derselben politischen Meinung seien.
Für mich bleibt die Beschreibung, die berechtigt bösartige Beschreibung von Karl Bönzli, die er offensichtlich – mit Ausnahme der Namensähnlichkeit und der Dieffenbachia – nicht erkennen konnte.
Für mich bleibt Karl Bönzli einer von jenen, die man hassen kann, ohne sie zu kennen.
Sein Brief – auf Geschäftspapier mit dem Zeichen seiner Sekretärin und mit dem schönen Zusatz »Beilage erwähnt« –

ist der Brief von einem Mann, der immer im Recht ist und dem nichts geschehen kann.
Offen bleibt die Frage, warum er ausgerechnet mir dieses Manuskript zuschickt. Eigentlich nur, weil ich dahinter fast so etwas wie eine Falle vermutete, habe ich mir inzwischen das Buch von Gugenhahn über grüne Zimmerpflanzen gekauft. Noch nie habe ich in einer Buchhandlung so ängstlich nach einem Buch gefragt. Ich habe gehofft, daß es auch dieses Buch nicht gibt.

Diese Sätze

Im Gedächtnis hätte er es so, daß der andere ihn an der Schulter packte, kräftig und sanft, daß er ihm tief in die Augen blickte, sehr lange mit seinen müden braunen Augen – die dunkeläugigen Alkoholiker haben den Vorteil, daß ihre Augen nur etwas trüb und etwas traurig werden, es fehlt ihnen jenes Verwässerte, Stechende der kleinpupilligen blauäugigen Alkoholiker –, daß er dann sagte: »Du«, die Krawatte sah, ein vorsichtiges »Sie« etwas leiser dazwischenfügte, etwas wartete, nicht zögerte, nur wartete und dann sagte, nur sagte: »Du, die Menschen sterben gar nicht, sie werden umgebracht.«

Aber er berührte ihn nicht, schaute auch nicht eigentlich in seine Richtung, saß am andern Tisch an der andern Wand, den linken Arm über der Lehne des Stuhls, mit der rechten Schulter an der Wand angelehnt. Und so saß auch er an der anderen Wand, den rechten Arm über der Lehne und die linke Schulter an der Wand. Kurz vor zwölf, in jeder Beiz Wein, ein Glas, zwei Gläser – man wechselt die Beizen, um nicht als Trinker zu erscheinen –, immer allein an einem Tisch, immer die Wand und die Schulter, und dann nach und nach diese Sätze im Kopf, und die Sätze machen ihn zum Cowboy, und er lehnt eleganter an der Wand als der andere, der ein Gesicht hat, das zu fett ist zum Weinen, ein Gesicht, das stets vor dem Lächeln steht, und die Serviertochter hat einen Rosenmund mit leicht hängenden Mundwinkeln, und sie ist die einzige Frau in dieser Geschichte, und die Sätze machen ihn zum Cowboy, und er kann denken, was er will, es wird zum Zitat. Jetzt spricht er wieder mit seiner Frau, und er fügt seinen Zitaten bei: »Werde ich ihr sagen«, »Habe ich ihr gesagt«, »Du, habe ich ihr gesagt.« – »Herr Direktor, habe ich ihm gesagt, Herr Direktor.« Und alles war schon, und die Sätze klingen nach, und in seinem Gedächtnis hätte er es mehrmals gesagt: »Die Menschen sterben gar nicht, sie werden umgebracht.« Und das hätte er ihm nicht zugetraut, das war ein gescheiter Satz, und man kennt hier alle, und wenn man einen nicht kennt, dann erkundigt man sich. Aber er hat sich nicht erkundigt, wer er ist. Er hatte das Gefühl, daß er ihn nicht mag. Nun hat er einen Satz gesagt, und Sätze machen zum Cowboy.

Als er dann nach Hause kam – die Taxifahrer kannten die Adresse, kannten sein Trinkgeld, seine Art, sich nach der harten Arbeit des Taxifahrens zu erkundigen –, als er dann nach Hause kam, da waren die Sätze in seinem Kopf zurechtgelegt, nicht in Wörtern, viel wohlgeformter, er hatte die Tonart im Kopf, dieses Werd-ich-ihr-sagen, ganz sanft: »Du, hör mal, ich habe mir das alles«, oder »Du, mir ist kürzlich was durch den Kopf gegangen«, dann eine schöne lange Pause – wie kriegt man die Pause hin, ohne daß sie sich in der Küche zu schaffen macht –, oder »Weißt du, was da einer eben, ein ganz einfacher Mann, gesagt hat, der hat gesagt – nein, so hat er es nicht gesagt –, der hat so etwas gesagt, daß sich die Menschen umbringen«, und eine gelangweilte Frau und das laufende Fernsehen im Nebenzimmer und vielleicht doch noch eine Flasche Bier, und am Morgen kaum mehr eine Erinnerung, als er im Büro saß, Kredit- und Sparbank, KSB, Prokura zu zweit, Immobilienverwaltung, zum Fenster hinaussah, über das Wetter nachdachte, über die Kälte, über die Hitze und darüber, daß vor Jahren an jenem Fenster auf der anderen Seite der Straße eine nackte Frau stand mit breiten Hüften und einem großen Haar-

dreieck dazwischen, und sie erschrak, weil sie zu sehen glaubte, daß er sie sah, aber sie stand im Dunkeln ohne Alter, ohne Kopf, nur mit einem Haardreieck, und diese Frau gehört nicht in diese Geschichte, nur in seinen Kopf, und dort ist sie nicht mehr als der Blick aus dem Fenster wie Hitze und Kälte, wie Regen und Schnee.
Tage später fragte sich Marti immer wieder, was geschehen wäre, wenn er nicht auf ihn zugegangen wäre, wenn er ihn übersehen hätte, wenn er ihn nicht gesehen hätte, denn an einem Morgen, drei Tage später, stand jener mit dem Satz an der Busstation, wo Marti jeden Tag einstieg, sechs Minuten vor sieben. Marti erschrak, als er ihn bemerkte. Er blickte aber trotzdem ab und zu zu ihm hinüber in der Absicht zu nicken, wenn jener herschauen sollte, aber jener schaute auf seine Schuhe, schaute offensichtlich auf seine großen Schuhe, so offensichtlich, daß Marti annehmen mußte, daß der andere ihn bereits gesehen hatte, und Marti hatte inzwischen den Eindruck, daß jener denken könnte, er wolle ihn nicht gesehen haben, und er ging auf ihn zu und sagte: »Tag, wir kennen uns doch.« – »Ja, guten Tag«, sagte der andere. »Wohnen Sie hier in der Gegend?« – »Nein«, sagte der andere, und Marti bereute, daß er ihn überhaupt angesprochen hatte, denn jener war offensichtlich nicht bereit, zu sprechen. Der Bus kam, Marti stieg ein, setzte sich an seinen Platz. Später drängte sich der andere durch die Stehenden, bis er vor dem Sitz von Marti stand, hängte sich mit seinem ganzen Gewicht an die Stange, senkte sein fettes Gesicht und sagte: »Ich muß mit Ihnen sprechen.« – »Ja«, sagte Marti. »Nein, nicht hier – wir gehen jetzt zusammen in eine stille Beiz und besprechen das alles.« Marti erklärte flüsternd, denn im Bus am Morgen wird geschwiegen, daß er jetzt auf dem Weg zur Arbeit sei, daß er heute zwei wichtige

Termine habe, daß man sich vielleicht gegen Abend oder morgen oder nächste Woche treffen könne oder daß man sich ja ohnehin irgendwo zufällig, in der Feuerwehrhalle zum Beispiel, treffe, und der andere sagte: »Ach ja, wenn's heute nicht geht«, und drängte sich durch die Stehenden nach hinten.

Marti hatte das nicht erwartet. Marti hatte erwartet, daß er nun bedrängt werde, daß er schuldlos in der Klemme sitze, daß er den Kerl nicht loskriege, daß jener nur dagestanden wäre für ihn, und er wiederholte in seinem Kopf, was sich jener denn einbilde und daß er doch heute zwei wichtige Termine habe, und schon hatte er das Gefühl, daß er das dem anderen noch einmal zu erklären hätte, sich zu entschuldigen hätte dafür, daß ihm jetzt die Zeit fehle. Der andere, so schien ihm, hatte zu schnell begriffen, aber der andere drängte sich wieder zurück durch die Stehenden und sagte: »Wissen Sie, ich kenne das mit der Arbeit, ich bin Möbelschreiner, ich habe noch nie blaugemacht«, und ging wieder.

Nun beschloß Marti zu seiner eigenen Überraschung, vor der Arbeit noch einen Kaffee trinken zu gehen. Andere tun das auch, dachte er. Und beim Kaffee wurde davon gesprochen, daß Simone sehr tapfer war und Fignon Siegen werde, und auch Marti hatte das alles gesehen am Fernsehen, und die gestrige Einsamkeit vor dem Fernsehen wurde hier zur Gemeinsamkeit, und er konnte mitsprechen, mit Krawatte und etwas vernünftiger als die anderen, etwas ruhiger, und man hörte ihm zu, und nach dem Kaffee ging er noch schnell in eine andere Beiz, und er wußte noch nicht und war trotzdem überrascht darüber, daß er nichts dagegen unternahm, daß er heute nicht zur Arbeit gehen wird, überrascht, daß er nicht anrief, sich nicht entschuldigte. Seine

Betrunkenheit am späteren Nachmittag entschuldigte er vor sich selbst damit, daß er doch unbedingt jenen anderen zu suchen hätte, aber jener andere war nirgends, und die Wirtin in der Feuerwehrhalle wollte nichts davon wissen, daß jemals so einer hier gesessen habe, und Marti wußte auch, daß seine Beschreibung nichts taugt, denn das Gesicht des anderen war nicht eigentlich fett, es machte viel eher so etwas wie einen fetten Eindruck, und Marti hätte auch erwartet, daß seine Frau irgendetwas sagt oder fragt oder bemerkt, als er um zwölf wieder mit Taxi nach Hause kam, und er war überrascht, als sie es nicht tat.
Am andern Tag erwachte er früher als sonst, schon um fünf, noch zwei Stunden bis zur Abfahrt des Busses, und gleich beim Erwachen der Gedanke an jenen mit dem Satz und daß er wieder dort stehen würde, wieder auf seine Schuhe blikken würde. Aber diesmal würde Marti nicht auf ihn zugehen, würde ihn nicht ansprechen, sich von ihm nicht ansprechen lassen. Dann der Gedanke, heute überhaupt nicht mit dem Bus zu gehen, sondern zu Fuß oder besser noch mit dem Wagen, um dem anderen keine Möglichkeit zu geben, ihm auf dem Weg zu begegnen – dann die Vorstellung auch, wie jener eine Begegnung erzwingt, sich plötzlich vor seinen Wagen wirft, und die Polizei und die Umstände und die Hitze und die Verspätung im Büro – aber als Marti sechs Minuten vor sieben an der Haltestelle stand, überraschte es ihn doch, daß jener andere nicht da war, nicht auf ihn wartete, nicht auf seine Schuhe blickte. Vorläufig also einen Kaffee vor der Arbeit, einen kleinen Wein vor der Arbeit, dann der Entschluß, auch heute nicht zu arbeiten, und bald wieder die verdammten Sätze im Kopf, die zum Cowboy machen. Dann die Idee, im Telefonbuch alle Möbelschreinereien herauszusuchen, von einer zur anderen zu gehen,

ihn nicht etwa zu suchen, ihm keineswegs nachzulaufen, aber den Zufall zu erzwingen, den anderen zufällig zu treffen, ihn dann nicht zu grüßen, und auf dem Weg von einer Möbelschreinerei zur anderen lagen die Beizen, und jedesmal beim Eintreten die Überraschung, daß er nicht dasitzt hinter seinem Bier, die Hände auf dem Bauch gefaltet, das Doppelkinn auf der Brust, und trotzdem fand Marti jedesmal die Ecke, wo er sitzen würde, welcher Tisch, welcher Stuhl, und er stellte sich vor, wie er fast in seine Richtung schauen würde und jenen Satz vom Tod der Menschen an ihm vorbei sagen würde, und den Tonfall hatte er noch im Ohr, so wie man ein Haus, eine Gegend, eine Stadt noch im Kopf haben kann, ohne daß man sie beschreiben oder zeichnen könnte. Aber der Satz selbst war weg, so einfach er auch immer war – das wußte er, daß er einfach war –, er war weg.

Wäre die Geschichte nicht wahr, wir wüßten, was jetzt zu geschehen hätte. Marti würde auch am dritten Tag nicht arbeiten gehen und dann überhaupt nie mehr, er würde sich auf die Suche nach diesem anderen machen, er würde ihn nach Wochen zufällig treffen, in einem Pissoir zum Beispiel, und jener andere würde sagen, daß er ihn seit Wochen suche und daß er ihm doch mitgeteilt habe, daß er mit ihm sprechen möchte, und dann die Behauptung des anderen, daß er, Marti, doch kürzlich in der Feuerwehrhalle so einen Satz gesagt habe über den Tod. Und Marti würde antworten, daß er im Gegenteil diesen Satz nur gehört habe, und zwar von ihm, dem anderen. Und sie könnten sich wieder verlieren und sich wieder suchen, und sie könnten sich einigen und gemeinsam jenen suchen, der den Satz gesagt hat, und der eine könnte sterben und der andere weitersuchen, aber das Leben ist träge und schlägt nicht so schnell zu, und

Marti ging am dritten Tag wieder zur Arbeit und bestand darauf, mit dem Direktor zu sprechen und ihm zu erklären, was geschehen war, und Marti benützte zu seiner eigenen Überraschung die Wörter »abgestürzt«, »völlig versoffen«, »einfach so«. Und der Direktor schaute Marti an, lächelte und zögerte und sagte: »Wissen Sie, Herr Marti, wissen Sie, eigentlich freut mich das. Wissen Sie, ich sage das sehr ungern, denn auf einer Bank ist Zuverlässigkeit das Wichtigste, aber wissen Sie, Herr Marti, Ihre Zuverlässigkeit war erschreckend. Man hatte ja ab und zu den Eindruck, sie seien kein Mensch. Und wenn Sie mich ganz persönlich fragen, Marti, Sie sind kein Trinker – da ist irgendeine Frau im Spiel.«

»Nein, in dieser Geschichte gibt es keine Frau«, flüsterte Marti, sagte Marti oder dachte Marti, und er ging zurück in sein Büro, und wäre das eine Geschichte, wie wir sie kennen, dann würde jetzt wieder im Fenster gegenüber jene Frau mit dem Haardreieck stehen, aber sie stand nicht da, und Marti dachte auch nicht daran. Nur später, irgendeinmal später wird er wieder daran denken, und nur deshalb gleicht das Leben den Geschichten nicht, weil es zu langsam ist und zu träge.

Aber die Gewohnheit, vor der Arbeit einen Kaffee zu trinken, behielt Marti bei, und die Gewohnheit, nach der Arbeit seinen Wein zu trinken, auch, auch die Gewohnheit, ab und zu mit dem Taxi nach Hause zu kommen. Das ist alles, und sein Abstieg war sanft, ohne Abschied. Was er nach und nach verlor, hatte er bereits verloren. Die Dinge seines Lebens waren noch da, seine Frau, seine zwei erwachsenen Kinder, sein Beruf, seine Stelle, sein Haus und sein Rasen, seine Ansichten, sein Bekenntnis zur Landesverteidigung, Wachtmeister, aber alles verlor seine Geschichte und war da ohne Herkunft, und als er einmal am Fenster gegenüber einen Mann sah in ärmellosem Unterleibchen, der kräftig aussah, da fragte er sich, ob das der Mann jener Frau sein könnte, und vergaß dabei, daß jenes Haardreieck schon dreißig Jahre her ist, und nur abends in der Feuerwehrhalle wurde er etwas lauter, und sein Abstieg war sanft, und die endliche Ankunft fiel zusammen mit seiner Pensionierung und fiel niemandem auf. Es gab Leute genug, die seinen Tisch mieden, die seine Neigung zur Intelligenz nicht mochten, und man lachte ihn offen, aber auch heimlich aus für seine Sätze, die er betonte, als wären es Zitate, die er in Hochdeutsch sprach wie auf dem Theater, und immer die Sache, daß die Menschen umgebracht werden.

Jenen anderen hatte er vergessen. Er sah ihn ab und zu, in der Feuerwehrhalle, im Amtshausplatz, im Buristurm, und der andere hatte ihn genauso vergessen wie er ihn, und es wäre für beide peinlich gewesen, der andere und der andere hätten sich daran erinnert, und so nahm es wohl jeder für seinen eigenen Traum oder hoffte, daß es der andere für seinen Traum halten könnte. Aber als er wieder einmal betrunken, nicht sichtbar, nicht erkennbar betrunken auf den Bus wartete, um nach Hause zu fahren zu jener Frau, die er doch irgendeinmal kennengelernt haben muß zum mindesten, die aber jetzt einfach nur noch da war, kam jener andere, ging auf ihn zu und sagte: »Der Satz heißt genau so: ›Die Menschen sterben gar nicht, sie werden umgebracht.‹« Und Marti sagte: »Guten Abend« und wandte sich ab und tat so, als hätte er überhaupt nichts gehört, und der andere sagte: »Das ist sehr lange her mit dem Satz. Ich wollte doch damals mit Ihnen darüber reden. Ich wäre jetzt eigentlich alt genug, zu sterben. Vielleicht habe ich zu überleben.«

Marti wurde es kotzübel.

»Wissen Sie, wenn alle umgebracht werden, wenn alle ohnehin umgebracht werden, dann gibt es doch eigentlich gar keine Mörder, dann ist das doch einfach so, daß irgendwo auf der Welt einer sich wünscht, daß ein anderer stirbt, nicht aus Ärger, nicht aus Wut oder Haß, sondern einfach so, so aus Laune. Wissen Sie, ich stelle mir immer wieder vor, daß es doch möglich wäre, daß ich Klavier spielen könnte, aber ich könnte es nur einmal. Also irgendeinmal stehe ich im Lokal auf, setze mich ans Klavier und spiele, und alle sind überrascht, daß ich so gut spiele, sie hätten es mir nicht zugetraut. Aber weil ich es nur einmal kann, deshalb tu ich es nie, weil es dann weggeworfen wäre für immer. Verstehen Sie das? Oder es könnte sein, daß ich mich ans Klavier setze, und es funktioniert nicht. Das wäre der Beweis, daß ich es bereits einmal getan habe, und ich würde mich dunkel daran erinnern. Verstehen Sie das?«
Als Marti in den Bus stieg, erwartete er, daß der andere auch einsteigen würde.
Aber der andere war weg.
Marti erwartete, daß er zurückkommen würde, ans Fenster des noch wartenden Busses klopfen und ihn mit einer Handbewegung auffordern würde, noch mal rauszukommen. Aber Marti würde sich weigern, und jener würde schreien, und um kein Aufsehen zu machen, würde Marti dann doch aussteigen und auf den anderen einreden, und jener andere würde ihn beschwichtigen, den Finger an die Lippen legen, ihn in eine Ecke des angrenzenden Parks ziehen, oder Marti würde den anderen, um kein Aufsehen zu machen, in eine Ecke des Parks ziehen – mehr nicht.

Grammatik einer Abreise

Um 16.03 fährt der Zug. Der Beginn der Reise ist davon abhängig, wie weit ihr Zimmer vom Bahnhof entfernt ist, vielleicht auch davon abhängig, wie weit der Bahnschalter vom Bahnsteig entfernt ist und ob sie auf ihrem Weg zum Bahnsteig am Schalter vorbeikommt oder ob sie erst am Bahnsteig vorbeikommt, zum Schalter geht, um die Karte zu kaufen, und dann wieder den Weg zurück zum Bahnsteig gehen muß. Es ist jedenfalls möglich, den Vorgang kompliziert darzustellen. Dann muß auch erwähnt werden, wie oft sie seit 14 Uhr auf die Uhr geschaut hat, muß erwähnt werden, daß die Frequenz des Auf-die-Uhr-Schauens zunahm. Ein Beobachter könnte dann auch feststellen, daß die Frequenz regelmäßig in einer Kurve zunimmt, und man könnte so weit ins Detail gehen, daß man genau beschreibt, wie sie um 14.07 den linken Fuß hebt, ein Vorgang, der ihr selbst nicht bewußt wird, den linken Fuß dann vor den rechten setzt, dasselbe mit dem rechten Fuß wiederholt, um ihn vor den linken zu setzen.

Wenn ihr dieser Vorgang bewußt werden sollte, bezeichnet sie ihn als Gehen, als Zum-Schrank-Gehen zum Beispiel, um eine Jacke aus dem Schrank zu holen – und auch hier wieder die Möglichkeit zu Umständen: Schlüssel drehen, Tür öffnen, rechte Hand, linke Hand, Jacke vom Bügel abstreifen, Schranktür. Wenn ihr der Vorgang des Fußhebens bewußt wird, bezeichnet sie ihn als Gehen, aber das Fußheben ist hier – sie ist zurückgegangen zu ihrem Koffer – nicht eigentlich ein Detail des Gehens, sondern ein Detail des Kofferpackens. Sie wird, auf ihre Tätigkeit angesprochen,

nicht von Gehen sprechen, sondern von Kofferpacken. »Ich packe meinen Koffer«, wird sie sagen.
Man kann sich fragen, ob sie sich das auch selbst sagen könnte, oder ob sie es nur sagt, wenn sie Gelegenheit hat, es jemandem mitzuteilen. Sie jedenfalls war um 14.07 noch allein, hatte die Gelegenheit nicht, und es müßten andere Gründe sein, daß sie sagt: »Ich packe meinen Koffer.«
Ob sie es tut oder nicht, hängt von der Schwere ihrer Reise ab – nicht etwa davon, wie beschwerlich die Reise ist, sondern davon, wie schwer es ihr fällt, die Reise anzutreten. Und die Reise kann so schwer sein, daß sie sich das »Ich packe meinen Koffer« nicht nur in Gedanken sagt, sondern laut vor sich hin.
Denn es gibt Reisen, die abzusehen sind.
Und sie sagt oder wird sagen oder wird gesagt haben – denn auch die Zeit und die Zeiten dieses Vorgangs fehlen, und der Vorgang des Reisens, des Kofferpackens, des Aufbrechens ist immer Vergangenheit, Vergangenheit zum Beispiel, die Zukunft vortäuscht –, sie wird sagen, hatte gesagt: »Ich – packe – meinen – Koffer. Ich werde meinen Koffer packen.«
Damit täuschte sie, die Vergangenheit auf ihren Schultern hatte, Zukunft vor, indem sie sich vormachte, Gegenwart zu haben, die Gegenwart, Koffer zu packen. Und um das Tun, das eigentlich Vergangenheit war – schlechte Vergangenheit – und eigentlich Zukunft – schlechte Zukunft –, war und ist und sein wird und gewesen sein wird, um endlich einmal etwas in diesem Ablauf, der keine Gegenwart kennt, Gegenwart werden zu lassen, sagte sie in der Form der grammatikalischen Gegenwart: »Ich – packe – meinen – Koffer.«
Was ich selbst nur vermutete, wird mir zur Gewißheit: sie kann nichts anderes gesagt haben, und sie muß es laut und

deutlich gesagt haben und vielleicht mehrmals: »Ich packe meinen Koffer, ich packe meinen Koffer.« Und was sie sagte, und sie wußte es, war eine Geste, die zwar Gegenwart entstehen ließ, aber nicht der Wahrheit entsprach. Denn die Sprache, der literarische Gebrauch, verlangt zu der Formel »Reisen« die Formel »Koffer«. Reisende haben Koffer, Wanderer haben Rucksäcke, Einkaufende haben Taschen. Was sie aber packte, war fast nur ein Beutel – der Form nach zwar so etwas wie eine Reisetasche, aber dazu war sie zu klein. Denn Koffer braucht man nur für Reisen, deren Dauer abzusehen ist, die vielleicht am elften September beginnen und zum Beispiel um den Zwanzigsten herum enden. Koffer gibt es nur für Reisen, die mit der Frage »Wann kommst du zurück?« etwas zu tun haben.
Ohne Zurück keine Koffer, und Reisen ohne Zurück sind zeitlos, finden nicht etwa in der Zukunft und schon gar nicht in der Gegenwart statt.
Dabei ist das Abreisen ein einfacher Vorgang, und es ist nicht nötig, ihn zu beschreiben. Abreisen ist ein Vorgang, den man sich anschauen kann auf dem Bahnhof, und am Schalter gibt es eine Kolonne, und in der Kolonne rückt man vor, und man sagt, wohin man will und ob man wieder zurückkommt, und es gibt Leute, die scheinen es nie zu schaffen, eine Karte zu kaufen, die geradeaus geht, sie bestellen eine Karte nach hier – wo dieses Hier auch immer ist –, nach hier zurück, und sie sichern sich ihre Zukunft.
Sie aber hat hier ihr Zimmer, wohnt hier, nennt man das – wo dieses Hier auch immer sei –, und sie fährt um 16.03 zurück, zurück in eine Vergangenheit, und sie hofft, vom Zurück zurückzukommen. Was vor ihr liegt, heißt immer Vergangenheit, und die Grammatik vermag keine Ordnung in ihr Leben zu bringen.

Ob der Koffer – so müssen wir den Beutel nennen – gepackt ist, gepackt worden ist oder gepackt wird, ändert nichts, gibt keine Zeit her, und ich bin inzwischen überzeugt davon, daß es nicht anders gewesen sein kann, als daß sie einige Minuten nach 14 Uhr laut und deutlich vor sich her gesagt haben muß: »Ich – packe – meinen – Koffer.«

Doch Abreisen ist einfach, auch wenn es eine besondere, eine ganz bestimmte Abreise ist, eine Abreise zum Beispiel und in diesem Falle vom 11. September des Jahres 1971 oder 1981 um 16.03. Die meisten – auch das hat jeder selbst gesehen, und auch das brauche ich nicht zu beschreiben –, die meisten heben ihren rechten Fuß und setzen ihn auf das unterste Trittbrett des Wagens und ziehen den linken Fuß nach und setzen ihn auf das zweitunterste Trittbrett, es sei denn, sie seien älter oder gehbehindert, dann stellen sie wie Kinder den zweiten Fuß neben den ersten und beginnen von vorn.

Aber wenn auch diese Bewegung innerhalb des Reisens ihre Funktion hat, sie hat doch mit Reisen nichts zu tun, denn wer weiß schon, wenn er den linken Fuß hebt, daß er ihn hebt, und so nennt man das auch keineswegs Fußheben, sondern Einsteigen.

Sie aber hob ganz bewußt den rechten Fuß, und sie machte das so geschickt, so selbstverständlich und leicht, daß niemandem auffiel, daß hier nicht eingestiegen wurde, sondern ein Fuß gehoben: den einen gehoben, den anderen nachgezogen, sich mit der linken Hand am Griff gehalten, Ellbogen etwas angewinkelt, ganz leicht und unmerklich Kraft angewendet. Sie imitierte Einsteigen, sie spielte Einsteigen. Sie spielte so geschickt, daß es jeder für Einsteigen, für richtiges, gewöhnliches und unreflektiertes Einsteigen gehalten hätte – was für sie zerfiel, war für uns eine Einheit.

Was für sie zerfällt, ist für uns eine Einheit.

Was für sie zerfallen wird – in ein, zwei oder drei Tagen –, wird für mich immer eine Einheit sein.
Die Einheit des Auf-die-Uhr-Schauens, die Einheit des Kofferpackens, die Einheit des Zum-Bahnhof-Gehens, des In-den-Zug-Steigens, die Einheit des Reisens, und der Vorgang des Abreisens ist zwar beschreibbar, aber nicht beschreibenswert. Vorgänge zerfallen beim Beschreiben.
Nur habe ich Gründe, von dieser Abreise zu schreiben, denn ich habe ihr die Tasche zum Bahnhof getragen – oder nein, jetzt und nachträglich fällt mir ein, daß ich es nicht getan habe, aber ich hätte es tun können. Ich hätte es tun sollen, ich habe es ganz einfach vergessen, oder die Tasche, der Beutel, der Koffer waren zu klein, daß es mir überhaupt hätte einfallen können. Ich trug also die Tasche nicht, aber ich ging neben ihr her zum Bahnhof, und die Geschichte ist keineswegs so wichtig, als daß sie mitteilenswert wäre, und ich schreibe sie nur für mich, habe sie nur für mich geschrieben. Denn bei einer Abreise ist alles nachvollziehbar, Fahrplan, Fahrkartenschalter, Bahnsteig, Reiseziel.
Wenn man aber neben jemandem geht, der nicht geht, sondern einen Fuß vor den andern setzt, was jeder tut, der geht, dann beginnt man selbst einen Fuß vor den anderen zu setzen, und es gibt keine Reiseziele mehr, nur noch Gegenwart, die Gegenwart des Fußsetzens – und nur noch Vergangenheit, die Vergangenheit, den Fuß gesetzt zu haben.
Nur noch das, und nur noch daran erinnere ich mich, und auch mein Gehen zerfällt, wenn ich daran denke.
Habe ich schon gesagt, daß ich sie liebe?
Habe ich nicht gesagt, daß ich an sie denke?
Daß ich mir vorstelle, daß sie angekommen ist, empfangen wurde von einer Schwester in weißer Tracht, mit einer Umarmung vielleicht, mit einem fröhlichen Lächeln sicher, viel-

leicht mit dem Satz »Da kommt ja unsere Liebe«, vielleicht mit dem Satz »Unser Sonnenschein!« – denn sie ist fröhlich. Ich stelle mir vor, daß dann die Tür hinter ihr zufiel und daß sie im Halbdunkel stand und sich umsah und alles erkannte, denn hier war sie schon, und hier ist sie wieder, und nach hier wird sie zurückkommen, zurück nach ihrem Zurück, was nicht hier ist, wo sie wohnt.

Hier, wo sie wohnt, in ihrem Zimmer, packt sie ihre Tasche, eine Zahnbürste, eine Tube Zahnpasta, eine Seife, eine Hautcreme, die Klinik erlaubt nicht, daß man eigene Nachthemden trägt, und es spielt keine Rolle, was man trägt, und die Schwester wird sagen: »Du bist wohl müde von der Reise, wir gehen wohl am besten gleich schlafen, wir sehen aber gut aus, wir haben, so scheint mir, ein bißchen zugenommen.«

Noch wird sie sich wehren gegen dieses Wir, wird lächeln, wird zu Bett gehen, wird sich fürchten vor dem Einschlafen, weil sie sich fürchten wird vor dem Erwachen, weil sie sich fürchtet, nicht zu erwachen. Vielleicht wird sie einen Tag zu früh angekommen sein, vielleicht zwei. Mehr als drei Tage zu früh ist sie nicht.

Und dann wird sie nicht erwachen, sondern die Augen aufschlagen, wird nicht aufstehen, sondern das Bein heben, und dann wird alles Grammatik sein: Ich – du – er – sie – es – wir – ihr – sie, sein gewesen sein, bin war, war gewesen, geworden, wird geworden sein.

Und eine Abreise ist nicht beschreibenswert, und ich beschreibe sie nur, weil ich nicht nachvollziehen kann, was geschieht, wenn sie ihren Koffer packt, um um 16.03 mit dem Zug in die Klinik zu fahren, um dort ihren nächsten Schub abzuwarten.

Eine Erklärung an den Lehrling von Prey

Hätte Professor Ingol Habertruber auch nur ein kleines Werk geschrieben oder auch nur einen kleinen Titel erworben oder gar geschenkt bekommen, ich könnte ihn jetzt zitieren und mich auf ihn berufen, und wenn ich auch weiß, daß sein Wissen kein ganzes Wissen war, ich könnte mich doch darauf verlassen, daß mehrere sein Halbwissen teilen, und wir könnten es verteidigen gegen unser besseres Wissen und für unsere Überzeugung. Inzwischen liegt Habertruber unter der Erde, und mit ihm vermodert sein ganzes Halbwissen. Es ist auch nicht wahr, daß sein Lehrling aus Prey an seinem Grab kniet.

Von diesem Lehrling immerhin später.

Damit ist schon alles kaputt. Lieber Habertruber, wir werden uns lächerlich machen. Du selbst hast mich überredet, über dich zu schreiben. Diejenigen, die uns lesen, sollten dich sehen! Deshalb verzichte ich wenigstens darauf, dich zu beschreiben. Vielleicht kommen wir so durch. Als kleiner Hinweis nur: 1980 hast du noch gelebt. In diesem Jahre allerdings hat niemand mehr gelebt, der Professor Ingol Habertruber geheißen hätte. Nur du und ich, lieber Ingol, wissen, daß ich dir diesen Namen erfunden habe. Du bist Auto gefahren, du hast einen Taschenrechner besessen, deine Hemden kamen aus der Waschmaschine und aus dem Tumbler, du hast dich für Astronautik interessiert, du warst, lieber Ingol, wenn auch ungern, ein Mann des zwanzigsten Jahrhunderts. Trotzdem, ich kann dich, das mußt du verstehen, in diesem Jahrhundert nicht brauchen. So setzen wir dich mit dem Namen ins letzte Jahrhundert zurück. Keine

Angst, ich werde dich trotzdem Auto fahren lassen, und du darfst auch in New York gewesen sein. Ich beharre nur auf weißen Hemdkragen und auf ein bißchen Verlorenheit – die einzige Fälschung, die ich mir gestatte außer den Fälschungen, die du selbst zustatten gebracht hast.
Wir beginnen.
Professor Habertruber hat wie so viele Menschen, die uns begegnen und mit denen wir umgehen, keine Herkunft. In den letzten zwanzig Jahren seines Lebens veränderte er sich auch nicht mehr. Er war zwanzig Jahre lang Habertruber. Und wenn jemand von ihm sagte: »Habertruber ist älter geworden«, dann meinte er nicht, daß Habertruber sich verändert hätte, sondern nur, daß auf seinem Gesicht, das in allem dasselbe Gesicht blieb, nach und nach einzelne Zeichen des Alters erschienen. Er gehörte zu jenen, die man nach langer Bekanntschaft aus lauter Verlegenheit fragt, woher sie eigentlich stammen, wer ihr Vater gewesen sei, und dann beschämt feststellt – noch bevor jemand zu einer Antwort ansetzt –, daß man das bereits einmal oder mehrere Male gefragt hatte, beschämt feststellt, daß die Herkunft eigentlich ohne Interesse ist. Dabei ist es nicht etwa ein Wort oder ein Satz, der mich daran erinnert, sondern nur die Bewegung des Kinns, die immer dieselbe ist, wenn Habertruber von seiner Herkunft spricht.
Siehst du, lieber Ingol, ich verfalle in die Gegenwart, und schon lebst du wieder. Hätte ich nicht bei dir die Macht des Halbwissens gelernt, ich würde die Grammatik beherrschen, und du wärst für immer tot. Nur – um diesen grammatikalischen Exkurs früh zu Ende zu bringen –, wenn ich hier aufschreibe »Habertruber war ein großer Mann«, dann bist du immerhin größer, als wenn ich schreibe »Habertruber ist ein großer Mann«. Dir selbst wird es gleichgültig

sein – nachdem du ohnehin tot bist –, ob du lebst oder nicht. Ich aber werde damit umzugehen haben müssen, und so jedenfalls hast du dir das nicht vorgestellt, als du mich aufgefordert hast, über dich zu schreiben. Ich habe dir gesagt, daß mir jede Lust dazu fehlt, es zu tun. Ich habe darauf verzichtet, daß du mir dein Leben erzählst. So erzähle ich mir dein Leben halt selbst.

Nichts ist so trügerisch wie Biographie, und jene, die wir achten oder lieben oder hassen, die haben auch keine Biographie, die sind nur so, wie es Habertruber zwanzig Jahre lang war.

Schau hinunter auf die Straße: es ist Samstag und bald Weihnachten, und da sind viele Menschen in der Straße, und sie sind verschieden, und die einen kommen von rechts, und die anderen kommen von links. Aber alle sind da, ohne daß ich wüßte, woher sie kommen, alle sind da ohne Herkunft. Der Mann im orangeroten Überkleid wischt die Straße von links nach rechts, und wenn die Hälfte der Menschen auch in dieser Richtung geht, er wischt, weil er es langsam tut, doch gegen den Strom. Jedenfalls muß ich zum vornherein wissen, daß Menschen Sorgen haben, um anzunehmen, daß auch die da unten Sorgen haben. Unter ihnen ist Habertruber gegangen, aber nur für jene, die ihn kannten, war er Habertruber, und es kam auch vor, daß jemand abends, wenn er heimkam, sagte: »Ich habe Habertruber gesehen.« Vielleicht wäre Ingol noch nicht von uns gegangen, hätte er gewußt, daß das ab und zu vorkam.

Inzwischen schweigt sein Lehrling – der Lehrling aus Prey, von dem noch die Rede sein wird –, er muß eingesehen haben, daß Halbwissen nicht erlernbar ist, daß man mit dem Halbwissen nicht leben, nur zusammenleben kann, und Habertruber hat das alles mit sich genommen. Ich weiß zum

Beispiel nicht, ob es wirklich seiner Meinung entspricht, daß Kamele und Affen die einzigen Säugetiere sind, die nicht schwimmen können, nämlich, so sagte Professor Habertruber, weil sie Paßgänger sind. Ich lasse mich jedenfalls ungern korrigieren, wenn ich so etwas erzähle, denn schon hat einer Affen schwimmen sehen, und ich erinnere mich, daß Habertruber gesagt hat, daß man den Affen das Schwimmen antrainieren kann. Also gibt es halt auch Affen, die schwimmen können, und wo ich auch das Wissen Habertrubers verbreiten wollte, löste ich Streit aus. Es saß immer einer da, der einen Zoologen kannte, der ihm erklärt hatte.

Ach, könnte man doch die Geschichten Habertrubers erzählen, ohne dauernd in Gefahr zu laufen, daß sie nicht wahr sind. Nichts macht mich trauriger als Korrekturen an Habertrubers Geschichten. Ich sage »Schade«, stehe auf und verlasse den Tisch.

Ich erinnere mich an die blauen Augen des Lehrlings und an sein Lächeln. Habertruber jedenfalls versuchte, sein Wissen zu verbreiten, und ich tu es ihm nach. Ach, könnte ich wie der Lehrling aus Prey lächelnd darüber hinweggehen und das ganze Halbwissen unter einem Lächeln begraben.

Was interessieren mich Zebras? Aber die Vorstellung, daß Zebras hornlose Nashörner sind, gefällt mir, und auch, daß es in Kanada Leute gibt, die sich Hutterer nennen. Und ich wüßte dazu ein paar Daten, die ungenau sind. Und die Geschichte von jenem Hutter, der verbrannt wurde – in Prag, in Innsbruck, in Leipzig? Und wenn einer kommt und sagt, daß jener Hutten geheißen habe, dann weiß ich, daß Hutten nicht verbrannt wurde. Aber schon wirft man mir mein Besserwissen vor, und auch ich bin nicht ganz sicher, ob ich nicht doch in meinem Kopf etwas durcheinandergebracht habe, und spreche nun von den Amischen, die ihren Namen von einem Mann namens Ammann hatten. Und wer eigentlich war Egede?

Ich habe als Kind im Zirkus richtige Eskimos gesehen. Sie hatten schneeweiße Haut. Und kein Eskimo, den ich später gesehen habe, wollte ihnen gleichen. Ich habe dann herausgefunden, wer sie waren, diese Eskimos, nämlich afrikanische Albinos. Darüber konnte man sich mit Habertruber unterhalten, und der Lehrling aus Prey saß daneben am Tisch, hatte sein Kinn in den Händen, die Ellbogen weit ausgespreizt und hörte nur zu, ohne den Eindruck zu erwecken, daß er sich dabei etwas merke. Er hatte gelernt, den Augenblick des Erzählens jedem Wissen und jeder Brauchbarkeit vorzuziehen. Auch Schneehasen sind schneeweiß und Schneehühner auch, und Albinos haben rote Augen. Und all das gibt es auf dieser Welt, und der Lehrling hörte sich das alles an.

Habertruber pflegte seine Erklärungen mit dem Wort »Kürzlich« einzuleiten. Alles, was er in seinem Leben erfahren hatte, hatte er kürzlich erfahren, und wären seine Augen und Ohren nicht Bestandteile seines Leibes gewesen, man müßte sagen, nichts, gar nichts erfuhr er am eigenen Leibe. Er erzählte nur von Leuten, die ihm dieses oder jenes erzählt hatten. Er wußte stundenlang über die englische Sprache zu sprechen, ohne sie auch nur einigermaßen zu beherrschen. Irgendeinmal mußte er vernommen haben, daß im Englischen »sensible« nicht etwa sensibel heißt, sondern vernünftig. »Kürzlich erklärte mir ein Engländer, der vorzüglich deutsch sprach«, hieß das dann bei ihm, und er brachte es an, wann immer sich Gelegenheit dazu bot. Er benützte dazu das Wort »Übrigens«. »Übrigens kürzlich«, sagte er dann.

Ob Habertruber einen Beruf hatte? Selbstverständlich! Doch selbst wir, sein Lehrling und ich, erfuhren erst spät davon, und es wäre sehr verwirrend, seinen Beruf hier zu nennen. Er hatte sehr wenig mit ihm zu tun, ein handwerklicher Beruf. Ebenso verwirrend wäre es, zu erwähnen, daß er Sport trieb, leidenschaftlich sogar. Ich lasse ihn lieber in Hut und Mantel durch seine Geschichte gehen, denn nicht, was er tat oder tun wollte, machte ihn aus, sondern das, was er wußte oder wissen wollte.

Ich verstehe seinen Wunsch, sein Leben schriftlich festhalten zu lassen, und auch er hatte Daten, an denen sein Leben fixiert war. Er hatte sogar so etwas wie eine beschreibbare Biographie. Nur erlebten wir ihn nicht als Gegenstand einer Biographie, und würde ich sie hier niederschreiben, ich hätte zum Schluß zu sagen, daß der Leser dies alles nun vergessen möge und sich mit dem wirklichen Gegenstand unseres Interesses, mit Ingol Habertruber persönlich, beschäftigen solle.

Also lassen wir das und beschränken uns darauf, festzustellen, daß er verheiratet war, ein Umstand, der ihm selbst selbstverständlich war. Eine sanfte Frau übrigens, die stets ein kleines Lächeln für ihren Ingol übrig hatte und die stets befürchtete, irgendwer oder alle könnten ihn nicht ernst nehmen. Sie führte ein Schneideratelier und legte Wert darauf, daß wir wußten, daß er ihr die ganze Buchhaltung mache. In Wirklichkeit ging er auf seinem täglichen Gang durch die Stadt, durch die Cafés und durch die Parks auch am Büro des Treuhänders vorbei und lieferte die täglichen Belege ab, nicht ohne mit ein paar Hinweisen und Bemerkungen sich anmerken zu lassen, daß er ein bißchen was schon verstehe davon. Und noch einmal in Wirklichkeit: in Wirklichkeit verstand er zuviel davon, um es sich leisten zu

können, die Buchhaltung nicht absolut korrekt zu führen, also zu viel und zu wenig Wissen.
Mantel und Hut also, und fragen Sie mich nicht nach der Farbe. Sie spielt zwar allerdings eine Rolle, aber ihre Erwähnung würden Sie mir als Phantasielosigkeit anrechnen. Ich kann ihn nicht in schottischem Karo rumlaufen lassen. Zudem empfehle ich, sich Professor Ingol Habertruber stehend vorzustellen. Er ging nicht eigentlich in der Stadt herum, sondern er stand in der Stadt herum und wartete auf seinen schönen Lehrling und mich.
Das erste Nashorn auf dem europäischen Kontinent übrigens war nur ganz kurz zu sehen. Es fiel beim Auslad im Hafen von Lissabon ins Wasser und ertrank. Nashörner haben ein ganz kurzes und äußerst scharfes Gedächtnis. Insofern gehören sie nicht zu den Dickhäutern, auch nicht zu den Grautieren. Der Genuß von Eibenblättern ist für Pferde tödlich, für Nashörner sehr wahrscheinlich auch, aber nicht für Wiederkäuer. Ist das nicht eigenartig, und müßte man das nicht eigentlich doch wissen?
Nun, Habertruber interessierte sich nicht für Zoologie, nicht für Botanik oder Biologie. Er sah keinen Gewinn für die Menschen in der Astronomie. Er beschäftigte sich viel mehr mit Naturkunde, nämlich mit der Kunde von der Natur. Er wollte nichts von ihr wissen, sondern etwas von ihr hören. So wurden für ihn die Nashörner eine europäische Angelegenheit und Bestandteile seines europäischen Wissens, und er wußte diese Haltung auch mit dem Kupferstich von Albrecht Dürer zu belegen, der wohl als Erster das Bild eines Nashorns in das europäische Wissen einbrachte.
Gleichzeitig machten dem Habertruber Kühe einen recht exotischen Eindruck. »Ich mag sie sehr«, sagte er, »aber die sind nicht von hier.« Und erst die Geschichte von jenem

Bauernbuben, der später ein bekannter Löwenbändiger wurde und der zu Hause mit den Kühen heimlich Dressurnummern einübte und sie von Sprüngen bis zu zwei Metern, also von ihrer Sprungkraft überzeugte und damit bewirkte, daß sein Vater die Kühe nicht mehr einpferchen und weiden lassen konnte – erst diese Geschichte machte Kühe für Habertruber wieder zu erwähnenswertem Wissen und nicht nur zu Tieren, die man freundlich nennt.

Und wenn ich hier einen Verdacht äußern darf, durch nichts belegt, und Habertruber sprach auch nie davon: er gehörte zu jenen, die sich als Kinder immer wieder mit der Frage beschäftigten, welchen Fluß der Welt man als den kleinsten bezeichnen könnte, welches der kleinste Berg der Welt sei. Er legte sich auch mal eine Liste an mit allen Medikamenten, die er auswendig nennen konnte, und er staunte sehr über die unnötige Länge dieser Liste. Trotzdem dachte er nie daran, ein Buch zu schreiben mit dem Titel »Alles, was ich weiß«. Es wäre nichts anderes gewesen als eine lange Aufzählung von Eigennamen. »Wie lange müßten wir wohl reden, bis alles gesagt wäre«, sagte er, »wie viele Namen von Malern, von Dichtern, von Lebensmitteln.« Und einer seiner Großväter war Bäcker, und einer seiner Großväter war Weber, und jeder, den er antraf, hatte einen Beruf und sprach davon.

Nur der Lehrling von Prey schaute ihn immer so an, als hätte er das alles noch nicht gewußt, noch nie gehört und noch nie gedacht, und Habertruber mochte seinen Lehrling von Prey sehr.

Beim Lehrling von Prey ging alles nach innen, in ganz kleinen Mengen nach innen, das Essen, das Trinken und all die Wörter von Habertruber. Es ist schon erstaunlich, daß sein Lehrling in Prey nie gefragt wurde, was er denn lerne. Es mag daran liegen, daß der Lehrling sehr zuverlässig und auch fleißig und stets interessiert war, so daß niemand auf die Idee kam, der Lehrling lerne nichts. Daß man seinen ganzen Fleiß auf nichts verwenden kann, das wußte man in Prey so wenig wie in Europa. »Nur der lernt wirklich, der sein ganzes Streben auf das Nichtlernen richtet. Nur der kann darüber staunen, was er alles weiß«, sagte Habertruber.

Das leuchtet ein, aber nun ist er weg und mit Beschreibungen nicht zu finden. Wenn ich ihn beschreiben wollte, in seiner Art zu gehen, in seiner Haltung etwa – und er hatte eine, sogar eine typische –, die Beschreibung würde von seinem Wissen ablenken, das ihn ausmachte, von seinem Halbwissen, dem kein Fachmann gewachsen war. Jedes Wissen ist leichter zu ersetzen als Halbwissen, jeder Fachmann leichter als Habertruber. Aber seit er weg ist, verzichtet man einfach auf ihn. Unersetzbare, das ist nun mal so, werden nicht ersetzt, und für welchen Teil des Halbwissens würden wir uns entscheiden, für welche Hälfte, sollten wir es erlernbar machen wollen. Der Verzicht auf Habertruber ist endgültig. Uns bleibt das Lächeln seines Lehrlings von Prey. Es wird dereinst auch nicht ersetzbar sein.

Man hat über dich, lieber Ingol, gelächelt, wenn du ganz nebenbei erwähntest, daß du Rilke persönlich gekannt hast. Auch jene haben gelächelt, denen Rilke nichts bedeutete. Warum sollst du ihn nicht gekannt haben, nachdem er dir lieb war, ein Bestandteil deines Wissens war? Warum solltest du nicht auf deinen Wanderungen im Jura immer wieder dem Herrn Robert Walser auf seinem langen Weg nach Bellelay begegnet sein? Ein schweigsamer Mensch, hast du gesagt, der deinen Gruß murmelnd erwiderte und dabei überhörte, daß man ihn mit seinem Namen angesprochen

hatte, und dein Lehrling, der nicht mochte, daß man darüber lächelte, trug wie als Beweis die Bücher Walsers unterm Arm und lächelte, den anderen ohne Vorwurf ein Beispiel, wie sie – wenn schon – zu lächeln hätten.
Der Lehrling von Prey las diese Bücher ohne die Absicht, nachzuprüfen, ob es zeitlich und biographisch möglich gewesen sein könnte, daß Habertruber Rilke noch getroffen hatte. Es war dem Lehrling selbstverständlich, daß Ingol Habertruber den Walser liebt, und Liebe ist Bekanntschaft genug und bedarf nicht der Überprüfung.
Trotzdem, wie gemessen sich Habertruber auch immer gab, wie überlegen und fürstlich auch, er muß doch sehr gelitten haben unter dem Umstand, daß aus ihm nie etwas wurde. Alles, was Leben war, lag hinter ihm. Er erzählte den Redakteuren von seiner Zeit, als er Redakteur in Wien war, den Pianisten von der Zeit, als er Pianist war, den Malern von seinem Umgang mit Gustav von Klimt. Jede Faser seines Wesens war Vergangenheit. Er lebte die zwanzig Jahre, als sein Lehrling und ich ihn kannten, hinter seinem Leben. Und wenn ich ihm von Jean Paul erzählte, dann erkannte ich die Traurigkeit in seinen Augen darüber, daß er nicht sagen durfte, daß er ihn noch flüchtig gesehen habe in Bayreuth und daß eine seiner Tanten noch Zimmermädchen bei der Frau Rollwenzel gewesen sei. Auch war sein Französisch zu mangelhaft, um mit Friedrich Glauser in der Fremdenlegion gewesen zu sein. Das Leben Ingol Habertrubers war von Anfang an zu kurz, als daß es seinen Bedarf an Vergangenheit hätte decken können. Seine Gegenwart war Erzählen, und diese Gegenwart war zu lang. Ihr fehlte es an Vergangenheit, um die Länge der Gegenwart zu füllen. Die Ungeduldigen – und leider gehörte auch ich immer wieder dazu – nannten sein Leben Lüge.

Er war nicht interessiert daran, nach Amerika zu reisen. Viel lieber wäre er in Amerika bereits gewesen, nach einer sehr langen Reise mit Schiff und Wagen, und zwar nach einer Reise ohne Zwischenfälle und Abenteuer. Er hätte am Nebentisch den würdigen Joseph Conrad speisen sehen, auch jener ein Mann mit einer stillen Vergangenheit. Der Lehrling hatte auf Habertrubers Empfehlung hin »Die Rettung« gelesen, und wenn der Lehrling davon erzählte, dann bekam Habertruber das Gefühl, auch er hätte das Buch vor langer Zeit einmal gelesen. Habertruber hatte eine große Vergangenheit, in der alles, was noch dazukam, Platz hatte, er lebte in einer Erzählung.
Er stellte sich Leben gemütlich vor und hatte so eine Fähigkeit zum Frieden. Er fürchtete sich nicht vor Langeweile. Er erzählte von der besonderen Zutraulichkeit der Eichhörnchen in den amerikanischen Parks, bis sich sein Lehrling Amerika gemütlich vorstellen mußte und ohne Schrecken das Wort mit den Lippen nachbildete.
»Es ist ein Elend mit den Europäern, die dauernd davon träumen, daß Eichhörnchen zutraulich sein könnten«, sagte Habertruber, »in Amerika sind sie das längst, wobei zuzugeben ist«, fügte er an, »daß jene in Amerika eigentlich keine Eichhörnchen sind, sondern Baumratten. Und diese Baumratten sind die Feinde der Eichhörnchen. Nun gibt es Zoologen, die allen Ernstes die Eichhörnchen vor den Baumratten schützen wollen, wo doch die Menschen zutrauliche Eichhörnchen möchten, und gerade die Baumratten haben diesen Vorteil der Zutraulichkeit, zudem auch jenen buschigen Schwanz, den man von Eichhörnchen in Erinnerung hat und in Wirklichkeit so bitter vermißt. Zugegeben, sie sind nicht von derselben braunen Farbe. Oder ist es etwa so, daß man die Eichhörnchen nur so zutraulich ha-

ben möchte, weil sie es nicht sind?« sagte Habertruber abschließend.
Der Lehrling schätzte seine Fragen sehr, suchte nie nach Antworten und stellte selbst keine Fragen. Im Halbwissen, so viel hatte er gelernt, ist alles Frage. »Es gibt nur eine Frage«, sagte Habertruber, »in ihr haben wir zu leben, und die Frage ist immer sanft.« Da lächelte wieder sein Lehrling von Prey und wollte es damit beendet haben. »Wir leben immer am Ende und nie am Anfang«, sagte Habertruber, »immer mit Vergangenheit und nie mit Zukunft«, und der Lehrling stellte sich vor, wie damals der stille Robert Walser am sehr jungen Habertruber vorbeigegangen war.
Und immer wieder – das muß auffallen – wenn der Lehrling erscheint, ist die Geschichte zu Ende.
Wir aber wollen sie noch ein Stück weitertreiben.
Ist es noch nötig, nach alledem anzufügen, daß Habertruber ein ausgesprochen fauler Mensch war? Dem Leser muß das aufgefallen sein, und so fällt mir die Behauptung leicht. Wie schwer würde sie mir fallen, hätten meine Leser Habertruber gekannt?
Der Professor war gepflegt, ohne jede Mithilfe seiner Frau war ihm die Pflege seiner Angelegenheiten, Kleider, Papiere und Körper, eine Selbstverständlichkeit. Alles an ihm ließ auf Fleiß schließen. Ich hätte Mühe, meine Überzeugung, daß er faul war, vor jenen durchzusetzen, die ihn kannten, oder gar zu behaupten, gerade seine Ordentlichkeit sei ein Bestandteil seiner Faulheit gewesen. Aber ich kann mir beim besten Willen nicht vorstellen, daß ein Fleißiger zum Erzähler wird, denn wer Dinge weiß, die nie ganz überprüfbar sind, die immer nur zum Teil ihre Richtigkeit haben, die man nirgends ohne die Gefahr des Widerspruchs drucken kann, die gar zu Beleidigungsklagen

führen könnten, dem bleibt nur die Unverbindlichkeit des Mündlichen.

»Es liegt ein großer Segen im Alphabet«, sagte Habertruber zu seinem Lehrling, und nach solchen Sätzen machte er eine große Pause, als sei für immer alles gesagt. Die letzte Silbe aber zog er in die Höhe und signalisierte damit, daß noch etwas folgen sollte – viel später und fast unabhängig von diesem Satz.

Dann, nach der langen Pause, sagte er: »Die Menschen kennen die Buchstaben, aber sie haben die Schrift mißbraucht. Sie dient ihnen nur noch als Beleg und Beweis, und was unterschrieben ist, das hat die ganze Wahrheit zu sein. Sie tragen Ausweise mit sich, in denen schriftlich festgehalten wird, daß es sie gibt. Sie mißbrauchen die Schrift zum Ausfüllen amtlicher Formulare und begeben sich damit in die Gefahr der Lüge, weil Schriftliches die Wahrheit zu sein hat.«

Die Polizisten allerdings mochte Habertruber sehr. Er unterhielt sich mit ihnen, denn sie waren so oft auf der Straße wie er selbst. Er erzählte ihnen und ließ sich von ihnen erzählen, und er war zum mindesten mündlich stets auf ihrer Seite. Nur die Schrift hielt ihn davon ab, zum dauernden Denunzianten zu werden. Er mochte es nicht, wenn Polizisten nach Block und Kugelschreiber suchten.

Es ist nicht anzunehmen, daß die Polizisten ihn verstanden, aber sie waren doch geschmeichelt, daß er es ihnen zutraute. Habertruber traute im Guten allen alles zu, und so erzählte er denn auch den Polizisten, daß jene Phantombilder, mit denen sie namenlose Übeltäter suchen, eigentlich eine Erfindung von Albrecht Dürer sein könnten, denn das Nashorn, das er zeichnete und in Kupfer stach, sei ja nun wirklich jenes des portugiesischen Königs gewesen, das damals in Europa nur ganz kurz sichtbar gewesen sei, und es sei nicht auszuschließen, daß ein deutscher Matrose oder Handelsreisender, der dieses Nashorn eben in Lissabon kurz gesehen habe, später dem Dürer davon erzählt habe. Da könnte doch Dürer seinen Stift genommen und gefragt haben, ob jenes Tier etwa so oder so ausgesehen haben mag, und der Matrose könnte korrigiert haben, und so entstand ein Nashorn, das letztlich einem Nashorn so sehr glich, daß jeder, der ihm begegnete, es hätte als solches erkennen können – erzählte Habertruber den Polizisten.

Seinem Lehrling allerdings sagte er später, daß er sicher sei, daß sich das alles genauso zugetragen habe, und daß er auch sicher sei, daß jenes besonders schöne Hörnchen auf dem Rücken – das Dürer dazugezeichnet hat – nicht etwa eine Fehlbeobachtung oder Fehlerinnerung des Matrosen war, sondern die echte Überzeugung Dürers.

Der Lehrling stellte dazu nie eine Frage, und in der Regel fiel das Habertruber auch nicht auf. Wenn es ihm auffiel – zum Beispiel immer bei der Sache mit Dürers Nashorn –, dann war ihm das schon ein wenig peinlich, und er schloß seine Geschichte ab, so wie er sie begonnen hatte: mit dem schönen Wort »Übrigens«.

»Übrigens«, sagte er dann, »die Zebras sind den Nashörnern sehr nahe verwandt.«

Nach Habertrubers Tod jedenfalls sagten alle, daß sie das große und umfassende Wissen von Habertruber immer bestaunt und daß sie ihm gern zugehört hätten, und niemand mehr sprach davon, daß sein Halbwissen unbrauchbar war und eigentlich eine Belästigung. Nur einer hörte ihm wirklich stundenlang zu, das war sein Lehrling von Prey, und der sprach hinterher nie davon.

Deshalb kenne auch ich nur ganz kleine Bruchstücke von

Habertrubers Halbwissen, und wenn ich seinen schönen Lehrling danach befrage, sagt er nur: »Das spielt jetzt auch keine Rolle mehr.«

Sie waren ein eigenartiges Paar. Er aufrecht mit hohlem Kreuz, einen Mann in all seiner Würde darstellend, einem Bürgermeister ähnlicher als einem Privatgelehrten, sein Lehrling aber nicht mehr und nicht weniger als verträumt und sanft. Oft schien mir, Habertruber wußte gar nichts von seinem Lehrling, beachtete ihn überhaupt nicht, aber als ich ihn einmal darauf ansprach, begann er zu schwärmen, wie schön und wie gescheit der Lehrling sei. Und er schwärmte von ihm so, wie wenn er ihn nur vom Sehen kennen würde und gerne seine nähere Bekanntschaft gemacht hätte.

Wer vom Erzählen lebt, der hinterläßt keine Spuren, denn von einem, der erzählt, gibt es nichts zu erzählen.

Der Lehrling hatte ihn noch besucht im Spital. Er habe große Schmerzen gehabt, sagte er.

Ich war in jener Zeit weg. Aber ich hätte mir Habertruber mit Schmerzen nicht vorstellen können, auch Habertruber mit Hunger nicht und auch nicht einen frierenden Habertruber. Ich kannte ihn nur in Mantel und Hut und frage mich, ob ich ihm denn in all den Jahren nur im Winter begegnet bin. Wer sein Leben in Würde bestehen will, der erträgt den Sommer nicht.

Nun gibt es von ihm nichts weiter zu erzählen, als daß er erzählt hat. Erst nach seinem Tod kamen wir auf die Idee, daß er ja auch vielleicht hätte gelebt haben können. Er hätte seine Frau geliebt haben können. Er hätte mit seinem Lehrling lange Wanderungen und kurze Reisen machen können.

Aber er erzählte nur.

Es ist nicht wahr, daß er sich für Fossilien interessierte oder für Nashörner oder fleischfressende Pflanzen. Er wußte nur davon und immer nur so wenig, daß er davon sprechen konnte.

Doch sprach er nicht davon, daß er das alles noch aufschreiben wolle. Trotzdem hatte er seinen Lehrling – wie sich inzwischen herausstellt: mit Recht – im Verdacht, daß er nie etwas weitererzählen werde. Der Professor hatte seinen Lehrling verpaßt. Neben ihm, ausgerechnet neben ihm, dem man alles erzählen konnte, hätte er gehen können, ohne etwas zu erzählen.

Wir vermissen dich, Habertruber, es ist jetzt alles ganz anders. Sie sitzen jetzt in den Kneipen und haben für alles, was sie sagen, die schriftlichen Beweise in der Tasche – wie wenn man die Wahrheit erzählen könnte. Die könnte man höchstens, wenn es sie gibt, sagen.

Seit es keine Halbwahrheiten mehr gibt, sind die Leute nicht mehr frei. Die Freiheit des Wortes gilt jetzt überall nur noch für die Wahrheit.

Dein Lehrling weint, lieber Habertruber. Keiner mehr lächelt über Halbwahrheiten, sie streiten nur noch verbittert über die Wahrheit. Als du noch lebtest, war dein Lehrling still, inzwischen ist er verstummt.

Wir haben uns getrennt, der Lehrling von Prey und ich. Keiner wollte in der Sache Habertruber der Zeuge des anderen sein müssen. Über Habertruber kann ich jetzt erzählen, was ich will. Man muß mir halt einfach glauben, daß wir Habertruber mochten, schon weil er da war und in seinen Halbwahrheiten zur Halbwahrheit wurde.

Sein Lehrling ist zurückgegangen nach Prey und führt dort, wie ich gehört habe, ein kleines Schreibwarengeschäft. Wenn ich von ihm erzähle, dann fragt mich niemand nach

dem Lehrling, alle fragen nach Prey, wollen wissen, wo das liegt, und wollen von mir wissen, weshalb der Lehrling ausgerechnet aus Prey kommt. Er kommt aus Prey, das ist alles. Er ist der Lehrling von Prey, so wie der Jäger von Soest der Jäger von Soest war. Ich habe mir den Ort nicht ausgesucht. Jeder andere wäre mir auch recht gewesen, so wie ich mir auch Ingol Habertruber nicht ausgesucht habe. Trotzdem scheint mir, ich habe noch nie über jemand anderes geschrieben als über Ingol Habertruber. Keiner war mir so nah, weil es über keinen so wenig zu erzählen gibt.
Er war groß und breit, rauchte Zigarren – vielleicht habe ich das vergessen zu erwähnen, daß er Zigarren rauchte –, ich weiß sogar noch die Marke, Wuhrmann BC, und wenn sie nicht vorrätig waren, dann ausnahmsweise Wuhrmann C.
Ich weiß, daß es nutzlos ist, die Zigarrenmarke zu erwähnen. Sie beschreibt meinen Ingol nicht. Aber jene, die ihn kannten, die werden durch die Erwähnung des Namens »Wuhrmann« an ihn erinnert werden. Würde ich seinen Lehrling irgendeinmal treffen, wir kämen bestimmt darauf zu sprechen. Beim zweiten Glas würden er oder ich sagen: »Wuhrmann BC«, und wir würden lächeln.
Habertruber hat mir auch ab und zu eine Zigarre angeboten. Übrigens legte er Wert darauf, daß es nicht Zigarren, sondern Stumpen sind, und er drängte einem dann die Zigarre auf, warnte vor meinen Zigaretten, warnte vor der Sorte A und vor der Sorte B, reichte einem das brennende Streichholz, nahm seine Zigarre aus dem Mund, drehte sie zwischen den Fingern und sagte: »Wuhrmann BC.«
Nichts, was er tat, sah so aus, wie wenn es nicht getan werden müßte. Jede seiner Bewegungen sah nach Beschäftigung aus. Er saß auch im Café so bequem wie einer, der die kurze

Zeit voll zur Erholung ausnützt, und er verließ das Café wie einer, dessen Pause vorbei ist, wie einer, der fünf Minuten früher geht, um sich nicht allzusehr beeilen zu müssen.
Der Dame am Nebentisch erklärte er im Vorbeigehen, daß sie sich Vanilleeis bestellen solle, denn Vanille lohne sich nicht, nachzuahmen. Bei jedem anderen Geschmack sei die Gefahr von künstlichen Stoffen groß. Ach, hätte er wenigstens in dieser einen Sache recht gehabt! Aber vielleicht war das zu seiner Zeit noch so, zu unserer Zeit, wie er sagte. Wann die war, seine Zeit, das wußten wir nicht, aber sie war in Wien, in einem Wien, das er nie mehr besuchte, und er häufte sein Wissen, ohne sein altes Wissen zu verändern. Alles Neue kam dazu, ohne daß dadurch das alte Wissen revidiert wurde. Die Existenz von billigem, künstlichem Vanillegeschmack vermochte nichts daran zu ändern, daß man bei Vanilleeis sicher sein kann, natürliches Aroma vorzufinden.
So erwähnte er ganz nebenbei, daß er bei den Husaren gedient hat – schon wieder mit Rilke, schon wieder »Hat Rilke gedient, ich weiß es nicht« –, aber er war kein Freund von Militär und Armeen. Er war nur ein Freund davon, daß er bei den Husaren gedient hat, und der Hauptmann hob seine Hand, um das Zeichen zum Angriff zu geben, da haben ihm die Italiener, da hat ihm ein Italiener ... Wir kennen das schon, und der Lehrling und ich hätten im Chor mitsprechen können.
Von seinem Lehrling wollte ich erzählen, der wieder in Prey ist, der seine Lehre eher abgebrochen hat als abgeschlossen, durch den Tod des Meisters abgebrochen, ein Lehrling, der nun allerdings fähig wäre, Habertruber nachzuahmen, aber nachdem Habertruber selbst nichts anderes getan hatte, als Habertruber nachzuahmen, war nun eigentlich die Nachah-

mung des nachgeahmten Habertruber keine eigentliche Nachahmung mehr und noch viel weniger ein echter Habertruber, den es ohnehin nie gab.
So wäre dann also die Frage der Leute in Prey – eine Frage, die, wie wir schon erwähnten, die Leute nie stellten –, so wäre dann also die Frage berechtigt, was der Lehrling nun lernte. Wir könnten jetzt sagen, ein bißchen was hat er wohl schon gelernt. So hätte sich Professor Habertruber vielleicht ausgedrückt. Aber der Lehrling hat nichts gelernt. Er hatte nur eine Funktion im Zusammenhang mit Habertruber, so wie Habertruber eine Funktion gehabt haben mag im Zusammenhang mit »seiner« Zeit in Wien: die Erzählung des einen wird zur Vergangenheit des anderen. Und es wird Erinnerung genug, sich daran zu erinnern, daß der andere erzählt hat – nicht, was er erzählt hat, sondern daß er erzählt hat. So erzählend, wie Habertruber lebte, so lächelnd und schweigsam lebt jetzt der Lehrling.
Es gelingt ihm aber, mit einzelnen bescheidenen Wörtern wie »Zwei Bogen Papier« oder »Was darf es sein« oder »Einen guten Tag wünsche ich auch« so etwas zu verbreiten wie Geschichten, zu schweigen und zu erzählen zugleich. Denn nicht jenes sind die Geschichten, die sich selbst erzählen, sondern nur jene, die an Geschichten erinnern. Und Habertruber muß gar nichts gewesen sein, nichts getan haben. Er kann ein Leben geführt haben, das nicht erzählenswert ist, trotzdem wird auch sein Leben zur Geschichte, wenn wir uns an ihn erinnern. Das genügt, um ihn zu vermissen und über seinen Tod zu weinen.
So ist es die Geschichte von seinem Lehrling und mir, und uns ist diese Geschichte Geschichte genug.
Habertruber aber hat sich bestimmt die Geschichte über ihn anders vorgestellt. Er würde noch einmal mit Erzählen be-

ginnen: wie er Klavier spielte im Kino, wie er mit Alexander Moissi durch den Wald wanderte, wie er seine Frau kennenlernte – und wir würden ihm zuhören und nicken, und er würde den Eindruck bekommen, daß wir es genau so weitererzählen werden. Wer ist nicht eitel genug, sich das so vorzustellen.

Inzwischen ist er tot, und es ist nicht mehr seine Geschichte. Er gehört jetzt in unsere Geschichte, und da genügt er als Erinnerung an einen Namen.

Vielleicht besuche ich den Lehrling einmal, vielleicht lasse ich es sein. Es gibt auch lebende Erinnerungen, und auch die sind Vergangenheit, und auch ich werde älter werden. Ich werde das kaum bemerken. Ich werde nach und nach auf das zugehen, auf das auch Habertruber zugegangen ist, und der Lehrling wird das bleiben, was er schon ist – eine Erinnerung. Und er wird sich als Erinnerung nicht mehr verändern, nicht älter werden, sich nicht verheiraten, keine Kinder kriegen, sich nicht verbittern lassen.

So steht er denn hier, der Lehrling, auf dem Papier, und verändert sich nicht mehr.

Darin allerdings ist er inzwischen seinem Meister, Professor Ingol Habertruber, gleich. Nur die Zeit scheint jetzt ohne die beiden eine andere Zeit geworden zu sein. Sie ist eine Zeit des »Weißt du noch« geworden.

Ich liebe dich, Lehrling. Schon ist mir dein Gesicht entfallen. Schon gleicht deine Stimme keiner anderen mehr, und schon sehe ich dich überall, wo ich auch gehe, um die Ecken entschwinden. Je älter ich werde, um so mehr wird zur Erinnerung. Was einmal selbst etwas war und mich von außen betraf, wird zum Bestandteil meiner Geschichte. Wenn einmal alles meine Geschichte ist, dann werde ich tot sein und zu einem kleinen Bestandteil einer anderen Geschichte werden.

Keiner hat sich so sehr darin geübt wie Habertruber, der selbst nichts anderes war als eine Geschichte. Nur seine Schmerzen, von denen der Lehrling erzählte, standen außerhalb seiner Halbwahrheiten, und nur sie können ahnen lassen, daß es hinter den Erzählungen von Habertruber auch ein Leben Habertrubers gab.
Hätte ich über ihn nicht geschrieben, er wäre ein Name geblieben – zum Beispiel ein Name wie Habertruber.
So möchte ich denn meinen Leser bitten, es mir gleichzutun und lesend zu vergessen, was er gelesen hat, so wie ich schreibend vergesse, was ich geschrieben habe. So daß zum Schluß nur noch ein Name bleibt: Habertruber.
Mein Versuch aber, den Lehrling zu lieben, sei ernst genommen. Der Lehrling von Prey ist ein Mädchen.

Inhalt

Peter Bichsel
Eigentlich möchte Frau Blum
den Milchmann kennenlernen
21 Geschichten
76 Seiten
Bibliothek Suhrkamp 1125 und
suhrkamp taschenbuch 2567

Eigentlich möchte Frau Blum den Milchmann kennenlernen ist die heute klassisch geltende Sammlung von Lesestücken, mit der dem Autor etwas für seine und unsere Zeit Einmaliges gelungen ist: auf lakonische, fast emotionslose, genau beobachtende und dabei dennoch anrührende Weise alltägliche Begebenheiten aufzuzeichnen und ihnen Geschichten zu »entnehmen«, von denen jede die Welthaftigkeit und Tiefe eines Epos besitzt.
»Peter Bichsel ist ein Poet. Das wußte man schon nach seinem ersten Buch«, erinnerte sich Max Frisch 1981, auf die 1964 erstmals erschienenen Geschichten anspielend, die gewissermaßen über Nacht den Ruhm von Peter Bichsel begründeten.

Peter Bichsel
Die Jahreszeiten
121 Seiten
suhrkamp taschenbuch 2780

Der Autor variiert die Welt, die er in den Geschichten darstellt und hinterfragt, demoliert, dementiert sie. Aber je mehr er den Prozeß seines Schreibens als Lügenhandwerk zu entlarven sucht, um so hartnäckiger erweist sich die Erfindung als wirklich.

Peter Bichsel
Kindergeschichten
96 Seiten
suhrkamp taschenbuch 2642

Sieben Geschichten für große und kleine Kinder, für Leser, die nicht aufgehört haben zu fragen, was wäre, wenn. Sieben Geschichten, in denen sonderbare Käuze, scheiternde, lächerliche Rebellen, Nachfahren des Ritters von der traurigen Gestalt es wagen, der Unabänderlichkeit des Bestehenden Schwierigkeiten zu machen.
Peter Bichsels Geschichten werden zu Recht mit Johann Peter Hebels *Kalendergeschichten* verglichen: wie diese verführen sie, spielerisch, zum Denken. Otto F. Walter formuliert es so: »Peter Bichsels Kindergeschichten werden, Auflage für Auflage und Jahr für Jahr, von Sechs- wie von Siebzigjährigen gelesen, verstanden auf je den verschiedensten Stufen des Verstehens, und sie werden weitererzählt. Sie sind, bei aller subtilen Gebrochenheit, bei all ihrem hochartifiziellen Charakter, ein Volksbuch (neuen Typs).«

Peter Bichsel
Zur Stadt Paris
Geschichten
115 Seiten
Bibliothek Suhrkamp 1179

Mit *Zur Stadt Paris* ist Peter Bichsel ein Geschichtenbuch gelungen, das uns Lesern – mal in kurzen Zügen, dann wieder mit längerem Atem – davon erzählt, daß es gerade das Kleine, das Minimale, das unscheinbar vor Augen Liegende ist, das uns, beobachtet man es genau oder läßt es einfach sprechen, alles über uns verrät.

Peter Bichsel
Der Leser. Das Erzählen
Frankfurter Poetik-Vorlesungen
112 Seiten
suhrkamp taschenbuch 2643

Peter Bichsels fünf Vorlesungen aus dem Jahr 1982 sind eigentlich keine Vorlesungen, sondern Geschichten von Vorlesungen. Sie sind wohltuend unprätentiös und stets äußerst subtil – wie seine Geschichten.
»Peter Bichsels Frankfurter Poetik-Vorlesungen, die den Eindruck hinterlassen, daß nie jemand liebenswürdiger subversiv war als dieser Schweizer Lehrer und Schriftsteller, ermuntern zum Reden, zur Gegenrede auch. Und sie bezaubern darüber hinaus durch Witz und Einfachheit, die getränkt und legitimiert sind durch eine große, vertrauenswürdige Trauer über den Zustand der Welt.« *Peter Hamm, Die Zeit*

Peter Bichsel
Gegen unseren Briefträger
konnte man nichts machen
Kolumnen 1990 - 1994
248 Seiten. Leinen (1995)

»Peter Bichsel stellt Nachdenkstücke vor uns hin wie Würfel – alle gleich groß. Ein kleiner Bericht, eine Beobachtung, ein Gedanke geben den Ton an, bis eine Drehung das angeschlagene Thema verschiebt und man darüber ins Sinnen gerät. Dann ist das Ziel des Autors erreicht ... Nur ja nichts Außerordentliches, Hochgestochenes. Dafür vielerlei genaue Fragen und vielerlei bedenkenswerte Antworten.«
Beatrice von Matt, Neue Zürcher Zeitung